アジア新聞屋台村

高野秀行

集英社文庫

アジア新聞屋台村　目次

初出「小説すばる」二〇〇五年十一月号〜〇六年三月号。
この作品は二〇〇六年六月、集英社より刊行されました。

本書に登場する人物はすべて仮名です。また登場する会社、団体名等も、実在する団体とは関係ありません。著者の〈自伝的〉物語としてお読みいただければ幸いです。

編集部

アジア新聞屋台村

プロローグ　宇宙人の会社

何事も始まりというものがある。そして、「こんな始まり方はないだろう！」と思わず言いたくなるような始まりというものもある。

二十一世紀まで残すところあと三年というある夏の夜、アパートの部屋に奇妙な電話がかかってきた。

「もしもし、タカノさんでいらっしゃいますか？」

若い女性の声だが、どことなく発音がおかしい。私はナイターを見ながら缶ビールをぐいぐいやっているところで、ほろ酔い気分で答えた。

「そうですが、どちらさまですか？」

「エイリアンのレックと言いますが、原稿を書いてください」

エイリアン？　なぜ、宇宙人が私に原稿依頼を？

たしかに私はフリーのライターだが、地球人でも自分のことを知ってる人は少ないというのに……。酩酊《めいてい》した頭で不審に思いながら、返事をした。

「どんな原稿ですか？」

「タイについてのコラムを書いてほしいです」

宇宙人が私にタイのコラムを依頼するわけがない。そこでようやく私は依頼者が地球人だということに気づいた。でも、日本人じゃない。

「あなたはタイ人ですか？」私は訊《き》いた。私は以前にタイのチェンマイという町に二年ほど暮らしたことがある。彼女のしゃべり方には、そのときよく耳にしていた懐かしいイントネーションがあった。

レックと名乗る女性は「そうです」と答え、私のチェンマイ時代の知り合いの名前を挙げた。その人に紹介されたという。

だが、タイ人が日本人に、タイに関するコラムを書いてほしいというのも変な感じがした。それに、私のタイ語はごく簡単な日常会話ができる程度で、とてもコラムなんて書けない。

そう伝えると、レックさんは「いえ、日本語でもいいです」と言う。

「日本語でも」とはどういう意味だろう。「タイ語でもいい」ということなのか。それとも、地球の言葉なら何語でもいいのか。彼女の言うことはいちいちひっかかる。一度消えた宇宙人説が復活しそうになるのをおさえて、私は訊いた。

「いいですけど、分量はどのくらいですか？」

「ぶん…りょう…？」彼女は戸惑っている様子である。文章の量だと説明すると、「ちょっとお待ちください」と受話器が置かれた。なにやら紙がこすれるようなカサカサという音が聞こえる。

いったい、何をしてるんだろう？　私は缶のビールをまたごくごくと飲んだ。

しばらくして、レックさんはこう言った。

「もしもし、えーと、今、計りました。縦が二十四・五センチで横が十七センチです」

私はビールを噴き出しそうになった。それはコラムの欄の物理的な大きさじゃないのか!?　何字何行っていうのはないのか!?　カサカサいってたのは定規を当てる音だったらしい。

こんな原稿依頼は初めてだ。わけがわからない。

これ以上電話で話しても埒《らち》が明かない。

「直接会ってお話ししましょう」私が言うと、レックさんもホッとしたみたいだ。

受話器を置いて見わたせば、相も変わらず三畳一人暮らしの殺風景な部屋である。

今のは何かの間違いだったような気がした。そのまま、私は飲んだくれて眠った。

しかし翌日、目が醒《さ》めるとちゃぶ台の上の紙切れに、乱れてはいるが、「エイリア

ン　レック」と紛れもない私の字で記されていた。
やはり夢でも間違いでもなかったらしい。

私は謎《なぞ》のレックさんをたずねて、これまた謎の「エイリアン」という彼女の会社に向かった。

場所は昨日、どうにか聞き出していた。新大久保駅から明治通りに出て、少し高田馬場《たかだのば》方面に行ったところで、意外にわかりやすく、私の住んでいる早稲田からは歩いてた《ば》った二十分くらいで到着してしまった。

会社はビルの三階にあり、入り口のプレートには「エイジアン」と書いてあった。エイリアンじゃなかった。「アジア人」という意味の「ASIAN」だった。

思ったより広いオフィスには、アジア系の人たちが十数人仕事をしている。しかし、明らかに肌の色が黒い人やイスラムのものとおぼしきスカーフをかぶっている女性は別として、他の人たちが日本人なのか外国人なのかはわからない。

入ってすぐのデスクでは、タンクトップにショートパンツ、スニーカーに茶髪のロングヘア、ピンクの口紅という、遊びに来ているとしか思えないようなねえちゃんが、ファッション雑誌をパラパラとめくっている。

おおかた日本人のバイトの子だろうが、いくらバイトでもこの格好はないんじゃないか。まったく社長の顔が見たい。

しかも、このバイトねえちゃん、私が「あの、ちょっと……」と話しかけると、「あ、あたし、何も知りませんから！」とこっちもろくに見ないで返事をする。バイトの躾《しつけ》もなっていない。

レックさんという人は？　と重ねて訊《たず》ねると、ねえちゃんは「レックちゃーん、お客さんよー！」と大声で叫んだ。そして、また雑誌に戻った。

まあ、こんな女はどうでもいい。それよりもレックちゃんだ。奥のデスクから現れた彼女は色白で、微笑《ほほえ》むと――ずっと微笑んでいるのだが――笑窪《えくぼ》がチャーミングな女の子だった。タイ人だとすれば中国系だろうが、日本人と言われてもまったく違和感がない。

私たちはパーテーションで仕切られた一角にあるテーブルで話をした。レックちゃんはハキハキして明るく、性格もとてもよさそうな子だった。年は二十代半ばだろう。

私はまず、彼女に「日本では原稿の量を数えるのに、四百字詰め原稿用紙で何枚というふうに言うんです」と説明した。

「へえ、そうなんですか」レックちゃんは感心したように答えた。

「私はここで編集の仕事を三年以上やってますが、知りませんでした。勉強になります」

いたって謙虚だ。しかし、それを知らずに三年も編集をしていたというのは、謙虚を通り越した何かがある。

それまではいったいどうしていたのかと訊ねると、「てきとうにやってました」とにっこり笑う。

直接会ってもまったく埒が明いてない。彼女に頼んで「タイ・ニューズ」という名の月刊新聞を見て、ようやくわかった。

ページやコラムによって、文字の級数、つまり文字の大きさがちがうのだ。ある箇所では、辞書の字みたいに小さく、ある箇所では小学一年生の教科書を思い出すくらい大きい字である。

私は世界のいろいろな国へ行ったが、どんなマイナーな新聞や雑誌でも、文字の大きさがこれほどまでに不統一なのは見たことがない。どういうことなんだろう？　最低限の世界の常識からもはずれているとは……。

なんだか「文字数がどうの」とか言うのがバカらしくなってきた。

とりあえず、毎月、てきとうに（私が見たところ原稿用紙七〜八枚程度）、タイについてのコラムみたいなものを書くことになった。

話が一段落すると、レックちゃんが「うちの社長に会ってください」と言う。

どうもタイだけでなく、いろいろな国の言葉の新聞を発行しているらしいし、いったいどんな人が経営してるのだろうと思っていたら、現れたのはなんと、さっきの遊び人風バイトねえちゃんではないか。

「え、この人が社長!?」私は仰天した。

「さっきはすいません。どこかの営業の人かと思っちゃった。えへへへ」遊び人風ねえちゃん改め株式会社エイジアン新聞社社長は、子犬のような顔で屈託なく笑った。

彼女は台湾人で、名前を劉《りゅう》と言った。年は三十一というから、私と同じである。フリーター同然の我が身と比べて、「同じ年で、外国である日本でこんな会社の社長をやってるなんてすごいなあ」と単純に感心した。人は見かけによらないもんだ。酔っていたとはいえ、エイジアンをエイリアンと聞き違えた自分を恥じた。

彼女がほんとうに宇宙生物のような人だと知るのはもっと後のことである。

こうして、私は、「タイ人気質《かたぎ》」というコラムの連載を始めた。

当時はまだメールを使っていなかったし家が近いので、月に一度、原稿の入ったフロッピー・ディスクを会社に直接持って行った。そして、その月の「タイ・ニューズ」をもらって帰った。バックナンバーもいくつか持って帰ったこともある。

やがて気づいたのだが、この新聞はものすごく変である。

まず、前半がタイ語だけのページで、後半が日本語だけのページという、二ヵ国語新聞となっている。しかも、それは対訳ではなく、まったくちがう内容だ。

レックちゃんに訊くと、「タイ語ページは日本に住んでいるタイ人向け、日本語ページはタイに興味がある日本人向けです」と、にこやかに言う。

「でも、これじゃ、日本人もタイ人も新聞の半分しか読めないよね？　別々にしたほうがよくない？　不便じゃないの？」私が当然すぎるくらい当然な質問をすると、彼女は不思議そうな顔をした。

「いえ、便利ですよ。だって、タイ人と日本人のカップルはたくさんいるでしょ？　そのどっちかがこの新聞を見つければ、両方が読めます。つまり、言葉を二つにするとお客さんが二倍になります」

はあ、なるほど。そういう戦略なのか。ちょっと思いつきもしなかった。

しかし、それはまだいい。問題なのは、その日本語が間違いだらけなことだ。

紙面にはエイジアンの自社広告がたくさん載っている。海外格安航空券販売、タイの食品販売、不動産物件紹介など、まあよくもこれだけいろいろやってるなあと感心するのだが、そういう広告のそこかしこに変な日本語がある。

私のコラムの真下には、「アジア各国語の通訳・翻訳をやります」という広告があり、そこには「私たちは顧客満足をモットにしております！」と堂々と書いてある。しかも、毎回。

通訳・翻訳の広告で日本語が間違っていたら、顧客は満足する前に誰も仕事を頼まないだろう。

モットとはおそらくモットーのことだろう。そう思い、私はレックちゃんに「これ、間違ってるよ」と指摘した。

レックちゃんという人は文字数について教えたときからそうなのだが、指摘やアドバイスをすると「あー、そうなんですか。勉強になります」となんでも謙虚に受け止める。逆に言えば、まったくこたえていない。

このときも同じだった。「じゃあ、次から直しますね」とにっこりした。

翌月の号を見て、私は驚いた。「顧客満足をモトにしております」になっていたからだ。

また、間違ってる。

私は翌月、間違いを再度指摘しようと思った。もちろん、原稿を届けるついでにだ。連載が始まって三ヵ月、会社近くのイチョウ並木がすっかり黄色く色づいていた。秋が深まり、季節が熟しているのをひしひしと感じながら私はエイジアンを訪ねた。ちょうど社長の劉さんもいたので、「これはモットーですよ。英語から来たMOTTO」と再び言った。

「あー、英語だったんだあ！」「そっかあ」二人はしきりに感心している。感心している場合か。この間違いは延々と続いているのだ。しかも、聞けば、他の全新聞に同じ広告を掲載しているというじゃないか。どういうことなんだろう？

「ねえ、劉さん、ここ、校正の人はいないんですか？」私は訊いた。

「コーセイ？　何、それ？」劉さんはキョトンとした。

知らないのか、校正。……しかたない。

「字の間違いとか文章のおかしい箇所を直す人ですよ」と説明した。どうして新聞社の社長にこんなことを言わなきゃいけないんだろう。

しかし、劉さんは私の思いなどいっこうに頓着《とんちやく》していない。横でレックちゃんもクスクス笑っている。

「タカノさんが『間違ってる』って言ったでしょ？　でも、それを最初に考えた人が辞めちゃったから、誰も意味がわかんなくなっちゃったの。それで、みんなで集まって考えた。で、『きっと大事なことだろうから、基本の基だろう』って思ったの。ほら、基本は大事じゃない？　だから、モト」

そして、また二人で、いや周りにいた人たちも一緒に楽しそうに笑うのだった。

私が呆《あき》れていると、劉さんが不意に言った。

「やっぱり日本人が一人もいないと不便だね。タカノさん、ちょっと手伝ってくれませんか？」

「え、ぼくが？」

そのとき、私の心は激しくときめいてしまった。

何に？

手伝うということは日本語チェックか編集、ライターだろう。つまり、月一コラムどころではない仕事量になるわけで、まとまったギャラが入る。

それに私は昔から異文化に強い興味があった。それを追いかけ、これまで世界中を旅してまわった。ときには何ヵ月も、何年も住み着いた。それが、ここ日本で、自宅から徒歩二十分、自転車なら十分という交通至便な立地条件に異文化の一大センターが発見されたのだ。まさに「青い鳥はすぐそばにいた」ってやつだ。青い鳥にしては、ずいぶんお手軽に見つかってしまった感もあったが、これは童話でなく現実である。

それだけではない。私はこの数年間、誰かに「あなたが必要だ」と言われたことがなかった。それがちょっと派手で変だけど、アジアを股《また》にかける、美人系の若い女性社長に言われたのだ。かわいいタイ娘も横でうなずいている。

これでときめかないほうがおかしい。

私はこうして、この不思議なアジア系新聞社の編集顧問になった。

宇宙人社長と宇宙人社員が織り成す銀河系的非常識会社の一員として、このあと、異文化との格闘が五年も続くとは夢にも思わずに。

第一章　エイジアンとの遭遇

1．ここはスパイス香る屋台村

そのころ、私は明け方に寝て午後に起きるという夜型の生活をしていたが、編集顧問を引き受けた翌日は正午前に目が醒《さ》めてしまった。

なにしろ、風呂《ふろ》なし三畳間の激安アパートに埋没し、将来の展望どころか目先の仕事もろくになく、安酒だけが心の友という大学探検部クズレの独り者の男が、突然、曲がりなりにも国際的新聞社の編集顧問になってしまったのだ。しかも、社長から直々の委嘱である。

まるでシンデレラストーリーだ。もう、うだうだと惰眠を貪《むさぼ》っている身分ではない。

私は布団代わりの寝袋から跳ね起きた。

「何か編集顧問としてやらなければ」と思ったが、よく考えてみると、まだ何をどうすればいいのか、どこから手をつければいいのかもわからない。もっと言えば、今まで夕イの新聞しか見ていないので、エイジアンで他にどんな新聞を出しているのかもよく知らない。

そうだ、他の新聞を入手して、研究しよう。

私はさっそくエイジアンに向かって自転車を走らせた。午前中の風は出来たての爽《さわ》やかさに満ちていて、思わず大きく深呼吸をした。

そう言えば、こんな時間にエイジアンに行ったことはなかった。いつもは、夕方から夜にかけての時間帯にディスクを届けに行くだけだ。昼間はもっと人が多いにちがいない。いったい、どんな感じなのか。編集顧問としてはそれも一度見てみたいところであった。

会社に到着したのはちょうど正午を少しまわったところだった。晩秋だというのに、社内は異様な熱気に包まれていた。いや、熱気というより臭気というほうが正確か。ニンニク、トウガラシ、ショウガ、コショウ、パクチーなど、ありとあらゆるスパイスの香りがオフィスの中に渦巻いている。まるで、東南アジアと中華料理の店が集まっている真ん中へ来てしまったようだ。

しかも、その匂《にお》いは日本にあるエスニック料理店のような淡いものではない。「現地」の匂いがぷんぷんしている。

匂いの発信源は十数名のスタッフが持参している弁当だった。それぞれの社員の民族や国籍がちがうので、弁当の内容もバラエティに富んでいるのだ。

私は腹が減っていたので、思わずよだれが出そうになった。これまで馴染《なじ》んできたタイ、中国、ミャンマーなどを思い出し、懐かしくもなった。

その中に社長の劉さんがいた。

「すごいですねえ！」と感嘆して言うと、劉さんは慌てて、わめいた。

「ほら、みんな、窓を開けて！」

彼女は、私が匂いに辟易《へきえき》していると思ったらしい。

「日本人のなかには、この匂いだけで頭がぼおっとしてくる人もいるの。だから、『日本人のお客さんとアポをとるときには午後二時以降にして』って言ってるのよ」

劉さんは言い訳がましく説明した。

さすが社長、対外的なことにも気をつかっている——と一瞬感心したが、日本人の社長なら、「匂いのキツイ弁当なんか持って来るな」と言うだろう。劉さんはそんなことは言わないらしい。言ったら社員の反感を買うと考えているのではなく、ごく自然に1．弁当、2．客とのアポ、という優先順位が出来上がっているようである。

しかし、それすらまったく守らない社員もいると劉さんは言った。実際、窓を開けろと言われても誰も反応しない。みんな、飯を食うのに夢中で社長の言葉など耳に入っていないのだ。

台湾人らしき人の弁当を覗《のぞ》き込んだら、空芯菜《くうしんさい》の炒《いた》めものと焼きブタがどど一んと白い飯を覆い尽くし、タッパーの弁当箱からあふれかえらんばかりだ。長い中国式の箸《はし》が弁当箱をかき回すたびに、ちょっと漢方がかった八角の匂いが立ちのぼる。

その横では、マレーシアかインドネシアとおぼしき人が、赤黄色いカレーをご飯にぶちまけていた。おかずとご飯は丸い重箱のようなアルミの弁当セットに分けて入れられている。こちらは箸でなくスプーンとフォーク、広がるのは濃厚なココナッツの甘い香り。

「現地」と言ったが、それもちがう。当たり前だが現地の人は台湾では台湾の家庭料理を食べ、インドネシアではインドネシアの家庭料理を食べる。現地の人たちが台湾とインドネシアの家庭料理を並んで食べているシーンなどありえないのだ。

つまり、現地以上である。

あらためて「すごいところだなあ」と思った。

オフィス自体も奇妙だ。

デスク、電話、ファックス、コピー機、スチールの棚など、オフィスの設備自体はごくごくふつうの日本の会社なのだが、中身、すなわち社員がまったく日本の会社とちがう。

なにしろ、日本人がいない。一人もいない。

肌の色は、日本人だとしてもかなり色白という人からチョコレート色の人までさまざまで、私が見ても、どの人がなにじんかさっぱりわからない。

彼らは、電話や同胞の社員と話すときには、自分たちの言葉でしゃべっている。私が判別できるかぎりでも中国語、タイ語、ビルマ語、マレー・インドネシア語がオフィスを飛び交っている。同じ中国語でも、北京語《ペキンご》のほかに、福建語か広東語《カントンご》か、私にはわからない方言も混ざっており、その多様性には目を瞠《みは》らされる。

タイ人のレックちゃんや劉社長のように一見日本人に見えるような人も、口を開くと異国の言葉がほとばしり出る。

その一方、誰もが当たり前のように、共通語として日本語をしゃべっているのが異様だった。

「いやあ、そういうことをおっしゃられても、こちらとしては、ねえ……」などとまったく日本人そのままの口調でしゃべっている人もいれば、「それ、わたし、困るね、知らないね」と片言をつなぎあわせただけの人もいる。

こんな光景は見たことがない。

「ここは日本か？」と疑いたくなるくらいだ。

これだけの多民族・多言語が一堂に会しているのは、国連関係や国際ＮＧＯのオフィスもしくは会議にたまたま紛れ込んだときにしか見たことがない。ただし、国連や国際NGOの共通語はもちろん英語である。

しかるに、このオフィスは共通語が日本語なのだ。

私は激しく感動してしまった。

多くの日本人は、英語が流暢《りゅうちょう》にしゃべれるようになり、外国人と冗談を言ったり議論を展開することが理想だと思っている。私もこれまでそう思っていた。しかし、今、この場面を見て、それよりもっと理想的な状況があるのを知った。

それは「世界の共通語が日本語になること」なのだ。

そんな夢みたいなことが、実際に目の前で実現していた。

そして私はその顧問に就任した。世界の頂点に立ったような気分だ。

しかし、そんな錯覚は、「誰か、トウガラシ欲しい人、いる？」「はい、私、欲しい」などという会話で瞬時に吹っ飛んだ。

いくら「国際的オフィスにいる」と信じたくても、それを信じさせない何かがこの会社には充満しているのだ。

まあ、いい。

私はエイジアンで発行している新聞を一通り見るという本来の目的を思い出した。

「ここに新聞があるよ」劉さんはスチール棚の一つに案内してくれた。棚には乱雑に過去の何種類もの新聞がメチャクチャに突っ込まれていた。
「もっと整理したほうがいいですよ」と言いかけたとき、向こうから「劉さーん、電話でーす」という声がかかり、劉さんは「キャー！」と意味不明な叫び声をあげて、走って行ってしまった。
しかたがないので、私はそれらを丸ごと抱えて、パーテーションの奥の「個室」へ持っていった。二畳ほどのスペースにテーブルと椅子《いす》を置いたこの場所は、来客時の応接室であり、社員やスタッフの打ち合わせ部屋であり、今後は私の「顧問室」にもなるはずだ。
新聞は、全部で五種類あった。
「タイ・ニューズ」（タイ）
「台湾時報」（台湾）
「マンスリー・ミャンマー」（ミャンマー）
「インドネシア・インフォメーション」（インドネシア）
「マレーシア・ワンダー」（マレーシア）
「すごいな……」私は半ば感心し、半ば呆《あき》れてひとりごちた。
ただでさえ多言語の新聞群である。しかも、それは英語、フランス語、ドイツ語、イタリア語というレベルではない。

なにしろ、中国語、タイ語、ビルマ語、インドネシア語では、どれも互いに日本語と英語くらいかけ離れた言語なうえ、文字もまったく異なるのだ。そして、すべて日本語ページ付き。各紙をずらーっと並べたときの賑《にぎ》やかさといったらない。

正直言って、尋常ではない。

すでに日本には在日外国人向けのメディアは少なからず存在していた。しかし、それらはみな、同じ国籍の人々が同胞と助け合い、情報交換するために作っているものだ。中国人なら中国人向けの中国語の新聞、ブラジル人ならブラジル人向けのポルトガル語の新聞……という具合に。

そして、そのような新聞社が中国人やブラジル人のコミュニティの中心的役割を果たしている。私は在日外国人向け新聞とはそういうものだと思っていた。いや、海外でも、ふつうはそうである。

その考え方でいけば、劉さんの場合、彼女は台湾人なのだから、台湾人向けの新聞だけ出していればいいはずである。百歩譲っても、言語を同じくする中国系向け新聞を出せば十分である。

ところが、ここにある新聞は、「台湾時報」以外、劉さんとは何も関係ない国の新聞ばかりだ。

要するに、劉さん率いるエイジアンは相互扶助を基本とする外国人向け新聞の常識をいきなりくつがえしている。いや、くつがえしているというより、はなから無視している。気がついてないようにも見える。

それだけではない。これらの新聞は、「台湾時報」を除くとみな、ここ二、三年の間に次々と創刊されたものだと聞いている。

ふつう、新しく新聞を始めるのはたいへんな手間である。まずはその国の人をスタッフに集めなければいけない。マーケティングも必要だろう。

いろんな国や民族の人間が集まれば、社員やスタッフの管理もそれだけ面倒になるはずだ。

そのエネルギーや資金はどこから来るのか？　劉さん、いったい何を考えているのか？

私が新聞の山を前に考え込んでいると、不意に色の浅黒い大男が現れた。

「あ、あなた、新しい人？」

「ボク、バンバン、インドネシア人ね」大男は勝手にべらべらとしゃべりだした。

太くて濃い眉毛《まゆげ》、目も鼻も口も耳も、ありとあらゆる造作がでかい。そして、その茫《ぼう》洋《よう》とした風貌《ふうぼう》はまさに横綱・武蔵丸《むさしまる》にそっくりだった。

ハワイとインドネシアは人種的にはともにポリネシア系に属するという説を本で読んだことがあったが、その説が正しいとすれば、まるで生ける証人だ。

しかし、テレビで見る武蔵丸とちがい、バンバンさんは茫洋としているのは顔の造りだけで、表情豊かによくしゃべる。日本語もうまい。

バンバンさんは「インドネシア・インフォメーション」の編集をやっているという。もうエイジアンに参加して二年以上経つらしい。

「どうして、劉さんは、こういうふうにいろんな国の新聞を出すんですかね？」

私は今抱《いだ》いている疑問をバンバンさんにぶつけてみた。

「もしかすると、劉さんはナショナリズムとか内輪の集まりが嫌いな国際派なんですか？」

すると、バンバンさんは「アッハッハ」と豪快に笑った。

「ちがうよ。劉さんね、あの人は単に『安定』が嫌いなの。国際派なんて関係ないね」

安定が嫌い？　それだけが理由？

「そうよ」バンバンさんは自信たっぷりに答えた。

バンバンさんによれば、劉さんはいつでも新しいことにチャレンジするのを生き甲斐《がい》としている。だから、新しく始めた新聞が順調に流れ出すと、もう次の国に興味が移る。

今はここにある五紙だが、それまでに、いくつもの新聞が出現しては消えていった。

例えば九〇年代中頃には、ベトナム語の新聞が創刊されたが、日本には思ったほどベトナム人がいなかったこと、また当時はまだベトナムがブームになっていなかったことなどで、広告も入らないし、購読者もいないので、三ヵ月で打ち切ったという。

「ムチャクチャですね。ふつう、始める前にマーケティングくらいするでしょう」

どうも話を聞いていると、劉さんの経営方針とは、「まず出す。よかったら続ける。ダメなら止《や》める」のようだ。それを「経営方針」と呼べるかどうかは疑問の余地があるが、とにかく、そういう安易なスタンスを頑《かたく》なに貫いているらしい。

すると、小ぶりな武蔵丸がこう言った。

「あのね、タカノさん。こう考えてみて。ここは屋台なの。屋台の集まり。よくあるでしょ、レストランで〝屋台村〟っていうのが。『インドネシアの新聞、ある?』って言われたら、『はい、あります』。『タイの新聞は?』って訊《き》かれたら『はい、どうぞ』。発行が遅れたら、『まだ、料理ができてない』。印刷した新聞の数が足りないときは『もう売り切れました』。だから、ここは屋台村と一緒よ」

なるほど！　私は目から鱗《うろこ》が落ちたような気がした。

アジア風の屋台か。それならこの気安さも納得がいく。料理の代わりに新聞を出す。メニューを増やして評判がよければ続けるし、ダメなら止める。店同士で材料を融通するのも可能だ。

客が増えればテーブルと椅子を増やす。客が減れば、席も減らす。

さっき「マーケティングをしない」と言ったが、それもちがう。新聞を出すこと自体がマーケティングなのだ。準備もろくにしないで発行するから、コストがかかっておらず、失敗しても痛手が少ない。

日本人なら何をするにも「まず店を持たねば」「準備を入念にしなきゃ」と考える。ところが、ここは中華鍋《ちゅうかなべ》一つと屋台があればとりあえず始めてしまう。店がどうのとか、経営をどうするとかは、またあとで考えればいいことなのだ。

私はこの卓抜したアジア的発想に打たれた。勤めた経験がないからよく知らないが、話によく聞く日本のマスコミ企業の風通しの悪い世界とは対極にある。風通しどころか、社内にモンスーンが吹き荒れ、ヤシやバナナの木がゆっさゆさ揺れているような気すらする。

同時に、劉さんという風変わりな人の輪郭も見えてきた。

劉さんは、束縛を嫌う人なのだ。ふつうの経営者は見てくれが立派なレストランを開こうと思う。腕のよいコック（編集者やライター）を雇って、人気メニューを作ろうとする。しかし、そうなると、会社は格式は上がるかもしれないが、つまらなくなる。

劉さんは子犬のような顔で笑うし、子犬のように社内を（たぶん、社外も）飛びまわっているが、気持ちも子犬のような人なのだろう。鼻先を常に新鮮な風にあてていたいという好奇心いっぱいの子犬なのだ。

それは、大学時代に探検部に所属し、コンゴで謎《なぞ》の怪獣を探したり、ミャンマーのゴールデントライアングルでアヘン生産に従事してきた私の生き方にも通じるところがあった。ゲリラ的に活動する探検部気質そのままとも言えた。

現金なことに、ついさっきまでエイジアンを「国連」「国際的組織」に喩《たと》えようと努力していたことも忘れて、私は劉さんの心意気に強く同感した。いいじゃないか、常識や格式なんて。

実際に、常識や格式がない新聞社というものが存在しうるのかどうかは若干気にはなったものの、私はこの新しさに魅了された。

アジア新聞屋台村。それはこの猥雑《わいざつ》で、お気楽で、和気あいあいとした社内の空気を何よりもよく表している。

そして、なによりもこの混沌《こんとん》とした匂いが屋台村でなくて何なのであろう。

いや、ほんとに、比喩《ひゆ》じゃなくて、匂いがすごいのである。

2．史上初の編集会議

エイジアンの各紙を一通り見たし、この会社が屋台式であることもわかったが、依然として、編集顧問たる私が何をすればいいかはっきりしない。というより、どんどんわからなくなっている。

そこで、劉さんに頼んで、各新聞の編集長と編集スタッフを集め、編集会議を行うことにした。

メンツをそろえて話をしなければ何も始まらない。

ところが、驚いたことに社長の劉さんが難色を示した。

「会議？　いいよ、そんなの」

私は啞然《あぜん》とした。「そんなの」はないだろう。別に慰安旅行へ行こうとか、演芸大会をやろうというのではないのだ。

いくら屋台村でもふつう、全店舗が最低限守る共通のルールというものがあるだろう。嫌がる劉さんを説得したうえ、不承不承のメンバーに予定日を宣告し、私は半ば強引に会議の開催を決定した。


そして当日。

日時は前もって設定したにもかかわらず、どうも時間にはルーズな人たちで、なかなか集まらない。私はタイや中国で生活していたことがあるし、自分自身がひじょうにルーズなので、あまりこういうことには驚かない。

とはいうものの、一時間が経過し会議を始めたとき集まったのは、私も含めてたった四人というのには参った。

社長の劉さん、「タイ・ニューズ」のレックちゃん、そして、韓国人の朴《パク》さん。なんてことはない、最初に会ったメンバーに朴さんが加わっただけだ。

朴さんは、レックちゃんと同年代らしく、互いに「レックちゃん」「朴ちゃん」と呼び合って仲がよさそうだ。

朴さんは頬骨《ほほぼね》が高く、目もとがくっきりとした、大陸的正統派美人である。一般の日本人男性はなぜか「かわいい系」を好むからレックちゃんのほうがモテるかもしれないが、美人系を好む私としては、朴さんのほうにより惹《ひ》かれた。長い黒髪をポニーテールに結んで、すっきりしたうなじを見せ、カーキ色のフード付きトレーナーをラフに着込んでいる。ファッションというものについて無縁な私には、それがなんだかすごくかっこよく映った。

あくまで本業は大学院生で、新聞作りはバイトのレックちゃんとちがい、朴さんは正社員である。したがって、これまでもレックちゃんのいないときは、朴さんに原稿の入ったディスクを手渡していたのだが、あまり立ち入った話をしたことがない。

朴さんにはなんとなく、気軽に話しかけづらい雰囲気があったからだ。

別によそよそしいわけではないし、冗談をいえば笑う。でも、どこか他の人とは一線を引いている感じがする。

「モットー」事件のときも、彼女はその場に居合わせたが、劉さんやレックちゃんがコロコロと無邪気に笑う横で、タバコの煙をプカーッと吐き出しながら、目だけで静かに笑っていた。

そう、なぜか絶対に口を開けて大声で笑わない人なのだ。

「ここの仕事、おもしろい？」と訊いたときも「いえ、別に。惰性でやってるだけですよ」と、くわえタバコで淡々と答えた。そのくせ、仕事は早いし、頼んだことはきちんとこなす。

韓国にはだいぶ前に十日間だけ行ったことがある。そのときのイメージでは韓国人女性は日本人女性より素朴で儒教の精神に忠実な――、つまり初心《うぶ》で少女っぽく、その分お堅い印象の人が多かった。

朴さんはそのイメージの正反対をいっており、若いながらも「クールな姐御《あねご》」という感じだ。

韓国では男でさえ目上の人の前ではタバコを吸わないという。ましてや、女性で吸う人は珍しいと聞いていたが、彼女はオフィスではほとんど唯一のスモーカーで、いつもタバコを吹かしている。それも「姐御」的イメージをふくらませていた。

彼女は〝なんとなく〟編集統括をやっているという。彼女が有能だからという理由以前に、単にエイジアンには韓国語の新聞がないからだ。

何でも試してみなければ気が済まない劉さんの性格上、韓国語新聞も作ってみたが、まったく売れなかった。日本には伝統的な〝在日コリアン〟メディアがたくさんある。しっかりした在日コリアンの日刊新聞にエイジアンの月刊新聞は到底太刀打《たちう》ちできなかったのだ。

そこで、手が空いてしまった朴さんは、他の新聞全部の手伝いをするようになった。やがて、いつの間にか、印刷所の人に版下を手渡すのが朴さんの役割になった。〝なんとなく〟編集統括とはそういう意味らしい。


ともかく、編集会議だ。

わかりやすく説明すると、新聞や雑誌では編集会議というものを定期的に行う。編集長以下、スタッフが記事の企画を立て、誰が何をどういうふうにするかということを話し合う。

……少なくとも、私はそう聞いている。というのは、大学卒業以来、タイのチェンマイ大学で講師をしていた一時期をのぞきずっとフリーのライターをやってきた私は、これまで一度も編集会議などに出たことがない。もっと言えば、会議自体、二十一歳のときに探検部の部会に出たのが最後である。

そんな私が編集会議を主宰するというのがおこがましいのであるが、そんな私でも「うちの会社には編集長なんていない」という劉さんの自信に満ちた発言には呆然《ぼうぜん》とした。

「え、どういうこと？」驚く私に、三人が代わる代わる説明をしてくれた。

「タイ・ニューズ」はレックちゃんが一人で作っている。正確には一人ではなく、レックちゃんのお姉さんという人がバンコクにいる。お姉さんはタイの全国紙の元記者であり、知り合いもたくさんいる。レックちゃんはそれを「お姉ちゃんグループ」とわかりやすく呼んでいるが、その「お姉ちゃんグループ」がタイ語ページの材料となるニュースや写真をインターネットで送ってくるという。

だから、結局、日本には学生バイトのレックちゃんしかいないのだ。

「インドネシア・インフォメーション」は、この前会った武蔵丸バンバンさんの担当だが、彼は本業は医者であり、新聞作りは完全なボランティアであるという。これまた一人で作っていて、月に一回、締切り間際のときだけ、会社に顔を出すのがふつうだという。

私が先日会ったように、ときたまふらっと用もなく現れることもあるが、インドネシアに帰っているのか、理由はよくわからないが、連絡がつかないことが多い。

「マレーシア・ワンダー」も同様で、ボランティアの人がやっぱり自力で作っているらしい。

「マンスリー・ミャンマー」に至っては、日本のミャンマー大使館の職員が制作しているという。それでは編集会議に来るわけがない。

「よく、これでちゃんと新聞が毎月発行されてるなあ……」と私は呆れた。

話を総合すれば、この会社では創立以来、編集会議というものは会社レベルでも、各新聞レベルでも一度も行われたことがないという。

ここでようやく劉さんが編集会議開催に難色を示した理由がわかってきた。やったことがないから、やり方も知らないし、何のためにやるかもわかってないのだ。

じゃあ、どうしてるのかというと、ただ、みんなで集めた材料を持ち寄り、パソコンでレイアウトを組んで、版下を作り、印刷所に手渡しているだけらしい。

私は中学生のころ作った学級新聞を思い出したが、そのときでも、いちおうクラスや班で話し合いみたいなことはしていたと記憶する。エイジアンはそれすらやっていない。

個人の手作り新聞を商業ベースで何万部も発行しているわけで、これはもうスゴイというのか、ハチャメチャというのか、私の乏しいボキャブラリーには適切な言葉の在庫がない。

うーん……。必要がないと言い張る気持ちはおぼろげながら理解はしたが、このままでいいわけがない。だいたい、私はこの会社を改善するために顧問になったのだ。「現地の慣習に任せていたらいつまでたっても改革はおぼつかない」と、日産に送り込まれた当初のカルロス・ゴーンみたいな使命感に私は燃え上がった。

しかし、いったいどこから手をつければいいのか。次から次へと波状攻撃のように繰り出されるエイジアン・スタイルの説明に目眩《めまい》を感じていたところ、「遅くなってすみません」と謝りながら入ってきた女性がいた。

三十そこそこと見受けられる、その女性は台湾人で、ニックネームをナンシーと言った。腰からパキッと折る挨拶《あいさつ》の仕方も、黒のパンツスーツも、日本の〝できるキャリアウーマン〟風で、エイジアンのお気楽なムードとはちがう。

名刺にしてもそうだ。他の社員とスタッフは、社長の劉さん以下、全員が「エイジアン」の社名と連絡先プラス本人の名前という同じ型の名刺を使っているのに、ナンシーだけは独自の美しいデザインで、しかも感動的なことに、「台湾時報・編集長」という肩書きが記されている。

「台湾時報」はエイジアンの中で最も歴史があり、最も部数が多いと聞いている。というより、「これ、うちで作っている新聞です」と気後れなく人に差し出せるのはこれくらいなものだった。つまり、看板新聞なわけで、さすがその新聞には編集長の自覚を持つ人がいたわけだ。

ナンシーはもともとデザインの勉強をするために日本に留学した人で、この名刺も自分で作ったという。

「へえ、この人はやる気があるなあ」私は暗黒に一筋の光明を見た思いがした。実際に、ナンシーは劉さんと同じ台湾人だし、劉社長の右腕的存在らしかった。

彼女の参加で気を取り直した私は、劉さんたちと相談の結果、「各紙二〜三ページずつ日本語ページを増やす。企画やライターの手配は私（高野）に任せる。各紙のスタッフは私に協力する」という結論に落ち着いた。

日本語ページはほぼ全紙刷新である。

まずは、いちばん紙面が充実しているうえ、編集長までいるという素晴らしい新聞「台湾時報」から手をつけようと思った。

3．いきなりの裏切り

翌週、私は木曜午後一時に会社に出向いた。

毎週その時間に定例会議を行うと強引に決めていたのだ。

どうせ他の新聞の編集者はろくに揃《そろ》わないだろうとわかっていたが「台湾時報」のナンシー編集長だけは来てくれるはずで、当座はそれで十分である。

ところが、レックちゃんと朴さんはいるものの、肝心のナンシーが来ない。劉さんは少し離れた自分のデスクで何か書類を見ている。

「ナンシー、来ないねえ……」時計を見ながらつぶやくと、レックちゃんが小声で爆弾を投げつけた。

「彼女、辞めちゃったんですよ。先週の会議の次の日に」

ええーッ!? いきなり、辞めたか。

「まあ、みんな、うすうす知っていたことですけどねえ。劉さん以外は……」クールな朴さんがタバコの煙をプカーッと吐き出しながら、淡々と言った。

あとで社長の劉さんに訊くと、さすがの彼女もショックを隠しきれない様子だった。

「あたし、全然、知らなかった。そんな気配もなかった。理由も全然わからない……」

と、ぼそぼそと語るのみである。こんなに覇気のない劉さんは初めて見た。

「台湾時報」がこれからどうなるかということは全く心配しておらず、ひたすら、自分の右腕にして親しい後輩の裏切りに歯嚙《はが》みしていた。

しかし、こんなのは序の口だった。

さらに翌週、もっと電撃的なニュースが伝わってきた。

ナンシーが新しい新聞社を設立したというのだ。その名も「月刊台湾」。

それまで、日本国内で発行されている台湾人向けの新聞はエイジアンの「台湾時報」ただ一つ、つまり独占だった。ところが、その編集長が、辞めた二週間後にライバル社を作ってしまったのだ。

劉さんが涙目で語ったところによれば、ナンシーの裏切りは用意周到なものだったらしい。

ナンシーは「台湾時報」編集長時代、特にこの半年ほど、熱心に台湾関係のパーティや会議、イベントなどに出席し、関係者に挨拶し、自分の名刺をせっせと配っていた。そう言われて私も思い出したのだが、ナンシーの美しいオリジナルの名刺には「エイジアン」とは一言も書かれていなかった。ただ、「台湾時報・編集長」だけである。社長の劉さんはナンシーに「台湾時報」を任せきりだったので、自分ではそういう公の場には足を運んでいなかった。

つまり、ナンシーと会った人は誰もが、彼女が「台湾時報」の編集長であるばかりか、発行元の新聞社の社長だと思い込んでいたのだ。もちろん、これはナンシーの作戦だと思って間違いない。

ふつうの人は（どんな国の人でも）、台湾人が台湾人向け以外の新聞をいくつも出しているなんて思わない。そんなのは世界広しといえども、劉さんだけである。そして、こんなミニコミ紙を出しているのは小さい会社にちがいないから、誰もが「編集長＝社長」と思う。エイジアンの特殊性をうまく利用した策略である。

台湾の新聞は一つだけなので、新しい新聞を作っても、読者は「前の新聞が大幅にリニューアルされた」と思うだけだろう。

それだけではない。ナンシーは顧客名簿も全部持っていってしまい、台湾人ライターも引き抜いたという。

その後、半月もしないうちに、私のアパートにナンシーから電話がかかってきた。

「うちで記事を書いてくれませんか」と言う。

こっちにも引き抜きである。

エイジアンの編集顧問になったばかりだし、私までが劉さんを裏切るわけにはいかないからそれは無理な相談だが、私もまだエイジアンに特別な思い入れはない。野次馬根性もあったし、なにしろちょっと前まで食うにも困るフリーライターだったのが、編集顧問に就任要請された直後、ヘッドハンティングのお声がかかったわけだ。なんだか自分が突然、凄腕《すごうで》の出版人になったような、まことにいい気分である。それで、「ま、話を聞くだけ聞きましょか」という高飛車な態度で、ナンシーの新会社を訪問したのだった。

ナンシーのオフィスは目黒のおしゃれなオフィスビルの一角にあった。

台湾の観光用ポスター、台湾のカレンダー、台湾の茶器、台湾の健康食品……と、部屋中、台湾尽くしである。

「どうして、こう台湾、台湾してるんだろう」と思ったが、考えてみれば、ここは台湾の新聞社だった。エイジアンの多国籍とも無国籍ともいえる状態がおかしいのであり、こっちこそが、「日本と母国の懸け橋」となる、正しい在日外国人向け新聞社の在り方なのだ。

ナンシー社長に話を聞いた。

「劉さんには悪いことをした。でも、しょうがなかった」とナンシーは言った。

ナンシーはもともと美大でデザインを勉強してきた人だから、レイアウトに凝った美しい新聞が作りたかった。今の時代、カラー写真がないとダメだと何度も劉さんに訴えたが、耳を傾けてもらえなかった。

それにナンシーとしては台湾人なので、台湾に専念したい。だが、劉さんはなぜかどんどんテリトリーを広げ、自分もよく知らない東南アジアの新聞をガンガン創刊する。

とどめは、「にっぽにあ・にっぽん」という台湾人向け日本紹介誌だった。

これはオールカラーで日本のキャラクターグッズを紹介するという、極めて画期的な雑誌だった。ある意味で、ナンシーが存分に腕をふるえる媒体だったのだが、例によって準備期間もろくにないまま突然創刊し、売り上げがよくないと、三号で見切りをつけて廃刊にしてしまった。

「新しい雑誌を始めるには、ある程度準備が必要だし、読者の間に定着させるには多少、時間もかかる。劉さんはその辺のことを考えない。私たちスタッフの意見も絶対に聞かない」

ナンシーの言うことがほんとうなら、同情の余地は大いにある。なぜなら、実際に「にっぽにあ・にっぽん」廃刊から半年くらい経って、台湾の若者たちの間で爆発的な日本ブームが起きたからだ。もし、雑誌を続けていたら、ブームの牽引車《けんいんしゃ》として大ヒットをおさめていた可能性もある。

劉さんの勘は犬並みに鋭い。しかし、飽きっぽさも犬並みなのだ。

ナンシーはこういう状況に嫌気がさし、またちょうどスポンサーも現れたので、独立することにしたという。

彼女は新しい新聞「月刊台湾」を見せてくれた。

もちろん中国語のみ。カラー写真やイラストが豊富で、一般の日刊紙にも見劣りしないくらいだ。

ナンシーのやり口はたしかにひどいが、あとで聞いたところ、台湾人のビジネスの世界ではよくあるケースらしいし、それに劉さんとナンシーを比べて、どちらがふつうかと訊かれれば、それはナンシーだと言うしかない。

私はもちろん、ナンシーからの仕事の依頼を断ったが、この後も、取材先でナンシーの「月刊台湾」とよく間違えられた。そちらのほうが紙面が充実していて有名になっていたからだ。「お宅の社長、よく頑張ってるね！」と褒められることもしばしばだった。

みんな、ナンシーのことなんだが……。

しかし、じゃあ、私がエイジアンの「台湾時報」よりナンシーの「月刊台湾」のほうに魅力を感じたかというと、まったくそんなことはなかった。

ナンシーの会社も新聞も、たしかにレベルはエイジアンよりずっと高い。たぶん、ちゃんと編集会議もやっているだろう。

でも、物足りないのだ。整然としすぎているし、意外性もない。一般の日刊紙にも見劣りしないということは一般の日刊紙と比べてかわり映えしないとも言え、いたって平凡な内容である。

当たり前だが、スタッフも読者も台湾人しかおらず、話題は台湾一色である。それもまた、つまらない。

要するに、日本の良識的なミニコミ紙と同じで、そこには何もときめきがない。

それに比べると、エイジアンという会社とそこで発行している新聞には、「何でもアリ」という、ハチャメチャなパワーと予測不可能な意外性がある。

極端な話、エイジアンが今後、全世界二百ヵ国の新聞を作るなんてことだって、あながち「絶対にありえない」とは言いきれない。

本物の宇宙人と惑星間バイリンガル新聞を発行するという計画を劉さんが勝手に立て

ないとも限らない。

不思議なことに、ナンシーの会社に来て、彼女の新聞を見ていたら、逆にエイジアンの凄みと面白さをありありと感じてしまった。

同時に、私は、やりたいことをやりたいようにやるという信念を持っているつもりであるのに、その実、編集顧問になったら編集顧問にふさわしいことをしなければいけないとか、ふつうの会社では編集会議というものをやるんだとか、ほんとうにつまらない俗物性を露呈してしまっていた。

ナンシーの会社をあとにしたときには、頭の中から編集会議という言葉はきれいに消去されていた。そして、活字業界の常識などぶっ飛ばしてやろうじゃないかという、勇ましいのか捨て鉢なのかわからない気概が全身に満ちてきたのだった。

4・「宇宙人」劉さんの半生

劉社長は突拍子もない人だが、私が聞く限り、社員やスタッフの誰からも愛されている。「個人的には魅力があるし、楽しいし、いい人」それがみんなの一致した意見であるようだ。

いっぽうで、他のアジア人のみならず台湾の同胞、それもごく親しい人間も「あの人はどうかしている」と口をそろえる。

そんな劉さんとはいったい何者なのか。

どういう生い立ちでこんな性格になったのか？　どうやってこの会社を設立したのか？　資金繰りなどはどうしているのか？……。

実態のわからないものほど、怖くて魅惑的なものはない。

知りたくて知りたくてしかたがないのだが、エイジアンの他の人も誰がどのくらい彼女のことを知っているのかわからない。手っ取り早いのは本人に訊くことだが、それもなんとなく憚《はばか》られた。なんとなく格好悪いというか照れくさいというか。

「タカノさん、今日、ちょっと飲みに行かない？」劉さんが声をかけてきたのはそんなときである。まさにドンピシャのタイミングで、こういう勘のよさはさすがだ。

こうして、私は新大久保の台湾居酒屋で劉さんの半生を聞くことになった。半生と言ってもたかだか三十年そこそこなのだが、それはもう波乱万丈のドラマであった。

台湾・台北《タイペイ》市内に生まれた彼女は、父親が高級外国車の輸入を広く手がける会社を営んでおり、幼いときからピアノやらバレエやら絵画を習っていたというから、もともとは相当なお嬢様育ちだったらしい。ただ、子どものときは本人曰《いわ》く「ごくふつう」だったという。

それが一気に開花したのは、大学を中退して日本に留学してからだった。とくに理由はない。先に日本に来ていた友だちから日本の話を聞き、「おもしろそうだ」と思って、親の反対を押し切ってすぐ大学をやめて日本行きを決めた。

すでにこの時点で「即断即決」という今の性格が現れており、「子ども時代はごくふつう」という自己申告に疑いを感じるが、それはともかく、日本にやってきた。

日本ではしばらく芸術系の大学に通っていたが、「新しいことを何もやらない。つまらなくなった」と中退。デパートに勤務するようになる。

デパートでは日本の古い保守的な体質にぶつかったうえ、日本での女性の地位の低さにもショックを受けた。

「日本では女性はだいたい三十歳くらいまでしか働かないし、いくら実績があっても出世できない。台湾人はもっと能力主義よ。でも、ここは日本だから……」

日本だからしかたがないと我慢するわけがない。劉さんはどうすれば早く出世できるか考えた。

「それでね、あたし、いい考えを思いついたの」劉さんはいたずら好きな子犬のような目で私を見た。

「そうだ、自分で会社を作ればいいんだ。それならすぐ社長になれる！　そう思ったのよ」

私は台湾名物・大根もちを喉《のど》に詰まらせそうになった。

なんて単純で合理的な発想だろう。そりゃ、自分で会社を作れば即社長である。もはや、出世が早いとか遅いというレベルじゃない。ただ、そうとわかっていても、まず日本人はやらない。とくに何の知識もない若い娘は。当時、劉さんは二十二歳だった。

彼女が親の援助で始めた最初の商売は、日本のキャラクターグッズを台湾へ輸出する貿易会社だった。毎日、デパートや小売店をまわり、気に入ったものがあれば、片っ端からその場で注文した。

商売はトントン拍子で進み、一時期は表参道にオフィスを構え、日本人の社員を五、六人雇ったりしたが、一年もしないうちに破局が訪れた。

商品を大量に卸していた台湾の会社が突然、何かのトラブルで潰《つぶ》れ、劉さんの会社も売掛金を回収できずに倒産してしまったのだ。五千万円もの借金はひとまず父親に肩代わりしてもらったが、あまりのショックに呆然としてしまったという。

「もう死んでもいいかなと思ったけど、親に借金があるじゃない？　死ぬに死ねないよね」途方に暮れた彼女はそこで突然パリに渡る。意味はないが、前から憧《あこが》れていたパリで、手持ちの金を全部使い果たしてやろうという衝動に駆られたのだという。

そのパリで彼女はとある日本人向けの情報誌を発見した。そして、「これだ！」と思った。これこそ、日本で新しいビジネスになる！

私はまた驚いた。まさかエイジアンの原点が、エイジアンからいちばん遠そうな、シックで「ええかっこしい」のパリにあったとは。予想もつかない展開にどんどん劉さんの話に引き込まれていった。

劉さんは日本に戻り、在日台湾人・中国人および華僑《かきょう》向けの中国語新聞の発行を企画した。台湾の友だちに借金をして会社を設立した。

これがエイジアンのスタートだという。劉さん、二十四歳のときである。西暦一九九一年らしいが、私としては「エイジアン暦元年」と呼びたい。しかし、これは実際に新しい商売だった。日本で最初に発行された在日外国人向けの商業新聞は、中国人の始めた「留学生新聞」だとされているが、彼女の「新友好新聞」(数年後に廃刊)はそれに次ぐ早さだそうだ。しかも、マーケティングをしない彼女は「留学生新聞」の存在すらしばらく気づかなかったという。

「新友好新聞」時代、つまりエイジアン黎明期《れいめいき》の話はすさまじい。私は、台湾名物・しじみの醤油漬《しょうゆづ》けや豚耳のサラダ、スープおこげなどを、ときに喉に詰まらせ、ときに噴き出し、ときにむせ返りながら、その逸話に耳を傾けた。

まず、出だしからしてハンパではない。

新聞社を設立したはいいが、出版の知識はゼロ。なにしろ、「印刷はお金がかかるから、コピーでいいかな」と思っていたくらいだという。

とにかく一人じゃ何もできないので、まず人材を集めるべく、求人誌に広告を出した。条件は「出版の経験があって、給料の支払いは三ヵ月後から」というとんでもないものだった。だが驚いたことに――劉さんでなく、私が驚いたのだが――全国紙の元記者というベテランライターが応募してきたそうだ。しかし、もっと驚いたのはそのライターだったろう。台湾人の小娘が出てきて、「すいません。出版のこと何も知らないので教えてください」と言ったのだから。

それでも、かわいそうに思ったのか、その元全国紙記者のライターが新聞や出版のことについて一から教えてくれたという。

営業の仕方もド素人だった。新聞を置いてくれそうなところ、あるいは広告を出してくれそうなところは、レストラン、ホテル、商店、一般企業と業種を問わず、電話をかけたり、いきなり飛び込みで売り込んだ。

一日平均二百軒に営業をかけたというからすごい。「向こう見ず」もここまで来れば、「行動力」としか言えなくなる。なかには、大手電話会社Nのように「お嬢さんが苦労しているみたいだから半年は広告を出してあげる」と言ってくれた大企業もあったそうだ。

その行動力の源泉はどこにあるのか？

「日本人はすぐ恥ずかしがるでしょ？　でも、私はチャンスがあれば、何でもやる。台湾人にはそういう人が多いの」劉さんはそう答える。

しかし、その奮闘はなかなか報われず、最初の三年間はまるっきりの赤字だった。オフィスの家賃が払えなくなり自宅で新聞を作るようになった。詳しく語らないのだが、当時、劉さんは彼氏と同棲《どうせい》していた。その彼氏は、自分のことも家事も放り投げて、金にならないビジネスに奔走する彼女にキレた。

「印刷が終わって発送の準備をしてた新聞をお風呂場に置いてたら、水をかけられちゃった。私、あわてて外で乾かしたよ。しわくちゃになっちゃったけど、ちゃんとその号も出した。読んだ人、なんでだろうって思ったみたい。アハハハ」

でも、基本的に、劉さんは周りの人には恵まれていたようだ。消費者金融に一千万円も借り、その利子すら払えなくなっていた大ピンチに、当時彼女の下で働いていた中国人の編集長や中国系ミャンマー人の経理の人が無利息でお金を貸してくれたという。ただでさえお金に厳しいと言われる中国系の人たちが、給料も支払えない社長に大金を貸すなど、通常では信じがたい。

でも、今、ここで話を聞いているとなんとなくわかるような気がした。「この一生懸命頑張ってる子犬のような人をなんとか助けてあげたい」劉さんは人にそう思わせるところがあるのだ。

また、家に新聞を置くと彼氏に水をかけられるから裏の駐車場で印刷所から届いたばかりの新聞を発送のために並べていたら、S急便の人に「車が入れられないじゃないか」と文句を言われた。劉さんがここでも事情を説明すると、なんとS急便の人が新聞を並べる作業を一緒に手伝ってくれたという。

「だから、うちでは今でもS急便しか使わないの」

もう「子犬の恩返し」とか、ほとんど「日本昔ばなし」の世界である。

ようやく新聞が軌道に乗ったのは今から四年前、エイジアン暦四年のことだ。この年に「新友好新聞」は「台湾時報」と改称され、エイジアンは株式会社になった。その後、劉さんはどんどん事業を拡張し、今（エイジアン暦八年）に至っているという。

話を聞き終わったとき、私はすっかり劉さんの魅力にとりつかれてしまった。

たしかにフツウではない。「どうかしてる」という社員とスタッフの意見は正しい。でも、なんてユニークで、ワクワクする人なんだろう。

私もパイオニア精神を何よりも重要視し、実際に海外の辺境を旅してきた。「誰も行かないところへ行き、誰もやらないことをやり、誰も書かないような本を書く」というのをモットーにしている。それでいながら、いつも「これでいいのか？」と不安に揺れ動いているのが実情だ。

でも、劉さんにはそんな迷いが微塵《みじん》も感じられない。自分の信じたことをとことんやり抜く強さがある。それだけでも感嘆してしまうのだが、彼女のすごいところはそれだけじゃない。

なりふりかまっていないのに、成金じみた田舎臭《いなかくさ》さがないのだ。苦労人にありがちなアクの強さもない。どこか、垢抜《あかぬ》けた、清澄な明るさがある。

私はふと、高校のときに習った高村光太郎『智恵子抄』の一節を思い出した。

「智恵子は貧におどろかない」

たしか国語の先生の解説では、「智恵子はお嬢さんだったので貧乏の怖さを知らない。だから、貧乏に平然としていられる」とのことだった。

そうなのだ。劉さんも育ちがいいのだ。バイタリティのあるお姫様だからこそ、こんなにも純粋に頑張れる。そして、周りの人からも助けられる。

「タカノさん、どうしたの？　酔っ払っちゃった？　お酒、弱いね。エヘヘヘ」

子犬のように顔をくしゃくしゃにして笑う劉さんの顔が目の前にあった。

紹興酒《しょうこうしゅ》の酔いも手伝い、私はすっかり劉さんの虜《とりこ》になっていた。

「エイジアンの姫を守る」そんな漢気《おとこぎ》すらおぼえた。これからますます泥沼にはまっていくとは夢にも思わずに。

5．たった二人の民族対立

劉さんの波乱万丈の半生を聞いてから、私は俄然《がぜん》やる気になった。編集顧問だけでなく、姫社長の劉さんをオレが守らないで誰が守るという、わけのわからない使命感にも駆られていた。

矢継ぎ早に企画を立てては、知り合いの優秀なライターに仕事を発注した。もちろん、自分でも書く。

まず、「台湾時報」では、「台湾料理天国」と「フロムT」。前者は文字通り台湾料理の紹介記事であり、後者は、日本で成功をおさめた台湾人に話を聞くというインタビュー記事。

「タイ・ニューズ」は、四ページ増だ。以前から私が連載していた「タイ人気質《かたぎ》」に加え、タイ人の自宅を訪ね、暮らしぶりを見せてもらうという「タイ人のお宅訪問」、タイのことわざをタイ文化や日本文化と対照させながら紹介する「ことわざで読むタイ」、タイの各県をその土地出身のタイ人に自ら語ってもらう「ふるさとタイランド」、そしてグルメ記事「タイ料理天国」という豪華ラインナップ。

「マンスリー・ミャンマー」は、知り合いの研究者に頼み、ミャンマーの短編小説の翻訳と、「ミャンマー人気質」というエッセイを掲載することにした。

「インドネシア・インフォメーション」では、バリ島在住の芸術家に「バリ日記」というエッセイを頼んだ。

私は自分が思いついたり、知り合いのライターと相談して作った企画をその都度、劉さんに見せた。劉さんは毎回、目を輝かせて「あ、それ、おもしろそうだねえ」「いいねえ」と感心する。最初は、「オレの編集者としての腕が冴《さ》えてるんだ」と思って得意になっていたが、だんだんそのハイな気分もしぼんできた。

なぜなら、どんな企画をもっていっても劉さんは「あ、それ、おもしろそうだねえ」「いいねえ」と言うからだ。

別に劉さんが私に気をつかってお世辞を言ってるのではない。本気で感心してくれている。というのは、これまでにエイジアンの新聞で、プロフェッショナルな企画記事がほとんどなかったからだ。

よくよく見れば、私の作った企画はタイトルも内容も、ありふれたものばかりだ。どこかの雑誌やテレビ番組をそのまま真似《まね》したようなものもある。

それでも、そんな記事を自分の新聞で見たことのない劉さんにしたら、すごく新鮮に映るわけだ。中学校の学級新聞で、地元文化人のエッセイとか、「市議会議員・突撃インタビュー」とか、「学区内のコンビニここがオススメ！」なんて記事が載れば、先生は驚き、感心するだろう。反応としてはそれに近い。

では、今までエイジアンの新聞では何をしてきたかというと、それは基本的に「パクリ記事」である。パクリという言葉が問題なら、音楽業界のように「カバー」と呼ぼうか。「リライト」という耳ざわりのよい言葉もある。

理由はよくわかる。なにしろ、人がいなかったのだ。

会社にはいつもいろんな国籍の人たちがわさわさしているので、すごく大勢の社員がいるような錯覚をおぼえるが、実際にはこのオフィスには正社員は七人しかいない。そのほとんどが営業と経理の担当者である。営業は新聞の広告取りや販売、それから国際電話のプリペイドカード、格安航空券、アジア食材などの販売をやっている。

驚くなかれ、この会社には名古屋と大阪に支社があったのだが、そこも営業が二人ずつ常駐しているだけだ。

編集の正社員は、実は、クールな韓国人の朴さんと辞めて独立してしまったナンシーの二人だけだった。

じゃあ、新聞はどうやって作っていたのかというと、レックちゃんをはじめ、みんなバイトかボランティアである。だから、私は彼らのことを「スタッフ」と呼んでいた。

スタッフは、学校や本業の仕事があるから忙しいし、所詮《しょせん》はバイト料金だから給料も安い。とても全力投球なんてできない。

それぞれの母国にも特派員というのはいない。

例えば、タイのレックちゃんの場合、「お姉ちゃんグループ」という人々がいて、記事を集めていると書いたが、それは自力で取材するのではなく、文字通り、地元の新聞やインターネットで記事を集めてインターネットで日本に送ってきているだけだ。レックちゃんはそれを調節して、レイアウトを組むのが仕事である。たった一人で、しかも大学院の勉強の合間にやるのだから、かなり骨の折れる作業といえる。

日本語ページは、タイ語記事の翻訳が中心である。なかにはタイ好きな日本人による体験談的なコラムなどもいくつかあって、それらはなかなか題材としてはおもしろく資料的価値もあるのだが、いかんせん文章が素人なので読むのが辛《つら》い。もっとも、そういうコラムの執筆者はみんな純粋なボランティアだから、文句を言うのは筋違いだ。

このシステムは「台湾時報」でもほぼ同じだ。

実際には、「台湾時報」でも「タイ・ニューズ」でも小さいコラムは一つか二つあったが、その程度である。

「インドネシア・インフォメーション」と「マレーシア・ワンダー」はその点、一味ちがう。現地の人間に頼まないで、スタッフが自分ですべての記事を、現地から送られた新聞・雑誌やネットの記事から拾い集めている。リライトを現地委託でなく、日本で行っている。これは両紙がページ数が少ないので可能なのだろう。

唯一、異彩を放っていたのは「マンスリー・ミャンマー」で、オリジナル記事やエッセイが盛りだくさんだったが、それについてはまた後で詳しく触れることにする。

とにかく、エイジアンの新聞には、劉さんの長所と短所がもろに現れていた。長所とはパイオニア精神である。

ほんとうにすごいことだと思うが、劉さんによれば日本において、タイ、インドネシア、マレーシア、ミャンマーの新聞は、エイジアンでしか発行されていないという。台湾は今でこそナンシーの分離独立により、ライバル紙ができてしまったが、それまではやはり「台湾時報」一紙のみだった。

つまり、エイジアンが市場を独占しているのだ。

各国出身の読者と、その国に興味を持つ日本人読者は否《いや》も応もなく、エイジアンの新聞を読むしかないのである。

それだけではない。

一般には、新聞や雑誌の利益は各紙（誌）の販売によって得られると思っている人が多いだろうが、それはちがう。たいていの新聞や雑誌は、それ自体の売り上げより、広告収入のほうが圧倒的に多いのである。

そこがポイントだ。なぜなら、それぞれの国に関する新聞が一紙しかないのなら、関連企業はそこに広告を出すしかないではないか。エイジアンというか、劉さんの狙《ねら》い目はまさにそこにあるのだ。

いっぽう、エイジアン各紙の短所は、パイオニア精神に付き物の「杜撰《ずさん》さ」である。独創というものは独走でもある。ユニークであればあるほど、競争相手がいなくなり、大ざっぱになる。それは、誰もやらないことをひたすらやってきた私がいちばんよく知っている。批評や競争がなくなると、どんどん独りよがりになったり、「いい加減」に陥りやすくなるのだ。

エイジアンの新聞は、市場で一〇〇％のシェアを誇る。それだけに、どんなに適当にやっていても通用してしまうきらいがある。

そういうことを理論的にではなく、直感的に知っているのが劉さんだ。だから、これまではできるだけ金をかけずに、「とにかく出せばいい」というスタンスでやってきた。しかし、そろそろライバルが登場しそうだし（すでに子飼いの部下ナンシーに手を咬《か》まれるはめになった）、インターネットの普及で、誰でも海外の情報が簡単に得られる時代にさしかかっている。このままではジリ貧になるのが目に見えている。

そこで、これまた動物的勘で、日本人の私を引き入れたわけである。

だが、「いい加減」も程度による。

人と予算が限られているのだから、母国の他メディアからの流用はやむをえない。しかし、「これはないだろう」というのもある。

その最たるものが「エイジアンは屋台村」と喝破した武蔵丸のバンバンさんが編集を担当している「インドネシア・インフォメーション」の日本語のトップページだ。

バリ島を中心にリゾートやダイビングスポットなど、観光案内の記事なのだが、これはリライト記事ではなく、日本のどこかのガイドブックをそのままコピーして貼《は》り付けたものであった。

どうしてわかったか。ネタ元の出典が明らかにされていたわけではないし、編集顧問ならではの鋭い目で看破したわけでもない。

ページの右下隅に「125」というページナンバーが振られていたのだ。

「ひえー、ありえねー！」と私は思わず叫んでしまった。

しかし、この事件にはさらに驚く展開があった。

劉さん、朴さんと、編集部の空いている椅子に腰かけ、「インドネシア・インフォメーション」のコピー問題について話し合っていたときである。頭上からいきなり怒声が浴びせられた。

「日本語だけじゃないよ。インドネシア語のページもひどい。はっきり言って、ゴミよ、ゴミ！　どうして誰もバンバンさんにそれを言わないんですか!?　私にはわからない」

私はもちろん、劉さんも朴さんも驚いて飛び上がってしまった。

振り向けば、私たちの後ろで、若い女性がすごい形相で仁王立ちになっていた。

アンジェリーナさんという中国系（華人）インドネシア人だ。朴さんが編集の要《かなめ》なら、アンジェリーナさんは営業の要という存在らしかった。まだ二十代、すっきりとした顔立ちでよく笑う明るい性格の人だが、彼女がこんなにおっかない人だとは思わなかった。

いや、それ以前に、同じ会社の社員が同胞の作る新聞を、社長の前で突然「そんなのゴミ！」と言い放つこと自体ありえない。オフィスはシーンと静まり返り、全社員とスタッフが固唾《かたず》を飲んでこのドラマの行く末を見守っているのが気配だけでわかった。

この暴言に劉さんが何か言い返すかと思ったら、全然そんなことはなく、「えーと、どうしよう、どうしよう……」とおろおろしている。クールな朴さんもさすがに圧倒されている。

かたやアンジェリーナさんは「まだまだ言いたいことは山ほどあるわい！」と戦闘モードに入っているので、劉さんは私たちの袖《そで》を摑《つか》むようにしてオフィスの端っこへ引っ張っていった。

社長、編集統括、編集顧問の三人が一社員の目というか声を恐れ、部屋の片隅でこそこそ話をするはめになった。

「アンジェリーナさんはね、前からバンバンさんと仲がよくないのよ」井戸端会議のおばちゃんのように、声をひそめて劉社長が言った。

「そういえば、会社で会っても挨拶もしないですね」と朴さん。

「どうしてなの？」私が訊くと、「さあ。二人とも相手のことを話題にもしないからわからないんだけど、何かあったのかな」と二人は首をひねった。

この疑問は、次の機会にバンバンさんとゆっくり話をしたときに、なんとなくわかった。二人の間に直接何かあったというわけではなさそうだった。

バンバンさんは顔が武蔵丸だから、当然のごとく、インドネシア土着の民で、同国の大多数を占めるムスリムの一人だ。

そのバンバンさんは、当時激化していたインドネシアの民族問題について話してくれた。特に、ムスリムである土着のインドネシア人とクリスチャンである中国系インドネシア人の争いがひどいという。

「それは、当たり前よ」とバンバンさんは言う。「だって、中国人はみんなお金を持ってる。それを他の人に分ければいいのに、中国人は中国人としかビジネスをしない。他のインドネシア人とつき合わないの。シャットアウトして、壁をどんどんどんどん高くする。自分たちだけがリッチでハッピーになればいいと思ってる。インドネシア人の国なのに。これじゃ嫌われるに決まってるよ」

バンバンさんらしい、明確な説明である。しかし、問題はバンバンさんが中国人に分け前をもらえない貧しいインドネシア人ではないということだ。

彼は父親が元大臣で、スハルト政権時代に栄えた地方財閥の息子だった。兄弟五人がすべて欧米か日本留学経験者という超エリート一家である。スハルト政権が崩壊してからは政治の表舞台でこそ苦汁をなめているようだが、それでも桁外《けたはず》れの金持ちであることに変わりはない。

バンバンさん自身は医師で、日本でインドネシア関係のビジネスやらボランティアなどをいろいろとやっている。エイジアンでの新聞作りは数ある彼の仕事のほんの一部らしい。そのせいだろうと思うが、バンバンさんは特にアンジェリーナさんを嫌っているようではない。もっとも、相手にしていないのかもしれないが。

ではどうしてアンジェリーナさんはバンバンさんにこれほど抵抗感があるのか。私は、アンジェリーナさんに婉曲《えんきょく》に訊いてみた。いや、本人に直接訊くのは怖いので、朴さんに質問してもらい、私は脇《わき》でこそこそと立ち聞きしていた。

するとアンジェリーナさんはまたしても爆発した。

「あのね、インドネシアでは私たち中国人は政治に参加させてもらえないの。スハルト独裁時代に、一部の政治家とそれに関係するインドネシア人が大もうけした。ほんと、インドネシアの大金持ちなんてみんなそうよ！」

さすがの朴さんも辟易していた。

あとで、朴さんに「タカノさんて意外に卑怯《ひきょう》なんですね」と冷たく言われてしまったのは誤算であったが、「インドネシア」に関する大まかなところはわかったような気がした。

要は、政治力をバックにした超金持ちであり、「趣味」で在日インドネシア紙をひとりで作っているバンバンさんに、政治に参加できないマイノリティの中国系で、しかもクリスチャンのアンジェリーナさんが激しい敵意を燃やしているようなのだ。

エイジアンにはインドネシア人の正社員はアンジェリーナさん一人。そして、インドネシア人の編集スタッフはバンバンさん一人。あとは営業担当のバイトである。

つまり、インドネシア人の主戦力はこの二人しかいないのに、その二人が民族対立を起こしているから始末に負えない。

もっとも、ほんとうに民族対立かというと、そう断言もできない。なんせ、サンプルが一つしかないのだ。実は、単に個人的に気が合わないだけかもしれない。説明するとき、相手を名指しで非難するのがためらわれるから、「インドネシアの金持ちは〜だから」とか「中国人は〜だから」となってしまうという可能性もある。

こんな無国籍なエイジアンでさえ民族対立とは無縁でいられないのだ。国境をとっぱらってしまえば世界が仲良くなるというのは戯言《たわごと》だということがあらためて身にしみる。

いっぽうで、意外に〝民族紛争〟なんていうのはこの二人のように、「あいつが気に入らない」という言い訳が大げさ化しただけなんじゃないかという思いも私の胸だか尻尾だかをよぎった。

しかし、編集顧問の私としては、バンバンさんとアンジェリーナさんの対立が民族的であろうと個人的なものであろうと関係がない。ただ、「インドネシア・インフォメーション」の話をするときは警戒を要する。さもなくば、またアンジェリーナさんの逆鱗《げきりん》に触れたり、朴さんから冷たい視線を受けるということを学んだのであった。

6・言論の自由を侵害される快感

一見、超お気楽屋台村であるエイジアンだが、意外にもここで私はライターになって初めて、「メディアと政治の衝突」というものを生で体験することになった。

日本でもよく「言論の自由がどうの」という議論はある。少年容疑者の顔写真を出すか出さないかとか、差別表現の規制だとか個人情報保護法の制定だとかである。しかし、エイジアンが直面していた「言論の自由の侵害」はそんな生易《なまやさ》しいレベルではない。

なにしろ、エイジアンの看板である「台湾時報」——まさか、これが台湾当局に目をつけられているとは夢にも思わなかった。

私は劉さんに聞いて初めて知ったのだが、台湾では公の出版物に「台湾」という言葉を使ってはいけなかったのだ。

日本でも世界のほとんどの国でも、誰もが当たり前のように台湾を「台湾」と呼んでいるが、公式には「中華民国」である。

「中国全土も、現在は共産党に不当に占拠されているが、ほんとうは中華民国の領土である（だいたい、「中国」ではなく「大陸」と彼らは呼ぶ）。首都は台北でなく南京《ナンキン》。台湾にいるのも臨時の措置であり、いずれは大陸に戻る……」

誰ひとり信じていないが、あくまでこれが中華民国政府の公式見解なのだ。だから、「台湾時報」などというありふれた名前が、たいへんな政治的チャレンジになるらしい。「台湾」と書くことは「中華民国」を否定することになるからだ。

日本は公式には台湾と国交がない。そのため相互に大使館も置いていない。代わりに台湾側が「台北駐日経済文化代表処」を、日本側が「財団法人交流協会」をそれぞれ設置し、実質的な大使館として機能している。

劉さんはこの件でこれまで何度も経済文化代表処に呼び出され、厳重警告を受けているが、強硬に突っぱねているという。

「台湾は中国とはちがう一つの国家よ。台湾の人の大部分がそう思っている。私は台湾独立を支持してる。ここは日本よ。私は負けない！」

そう語るときの劉さんは、いつものヘラヘラした様子とは別人のように激しく凛々《りり》しい。経済文化代表処に睨《にら》まれているため、「台湾時報」には中華航空（チャイナエアライン）を筆頭とする台湾の大手企業から広告がいっさい入らない。経済文化代表処が公式に行うイベントやパーティにも招かれない。弾圧とまではいかないが、圧力は十分にかかっている。

まさに、正面から言論の自由を侵害されているのだ。

おお、エイジアンは、日本のどんな新聞社・出版社よりジャーナリズムを貫いているぞ、と単純な私は感銘を受けた。

もっとも、反体制ということでエイジアンが必ずしも損をしているわけではないことに、しばらくして私は気づいた。それどころか、逆にビジネスチャンスが増えている節もある。

というか、ほんとうに劉さんは独立派なんだろうか。独立派だとしても、信念を貫くために「台湾時報」を発行しつづけているのか。これまでのつき合いで見た限り、劉さんは営業的に有利と判断すれば、個人的信念などひょいっと棚上げしかねない気配がある。

取材をしているうちにわかってきたことだが、劉さんの言うとおり、一般の台湾人は七〇％以上が「独立支持」である。少なくとも、中国や国際社会が認めてくれるのなら独立したいと思っており、それは在日台湾人も変わらない。私も取材のおりおりに、

「台湾時報の者ですが」と自己紹介しただけで、「あんたがた、立派だねえ」とほめられ、面食らったくらいだ。だから、そういう在日台湾人や華僑の人が「台湾時報、頑張れ！」と広告を載せたりするのである。これはたいへんなメリットである。

いっぽう、祖国・台湾より先に分離独立を果たしたナンシーの新聞は、名前こそ「月刊台湾」だが、もっと中立路線を前面に押し出していた。

例えば、中華民国の建国記念日には、中華民国の国旗（青天白日満地紅旗）をはためかせた軍隊のパレードを大々的にカラー写真で取り上げていた。

建国記念日も国旗もひたすら無視を決め込んでいる我らが「台湾時報」とは好対照で、それだけでもナンシーの会社は政府および政府寄りの企業から好意をもって受け入れられていた。当然、広告もゲットできる。これもまたたいへんなメリットである。

日本の台湾人の独立派はエイジアンの新聞を、政府寄りの中立派はナンシーの新聞を手にする。政治対立をしているように見えながら、この二紙は、日本の台湾新聞市場をちゃっかりシェアしているのだ。

二人のちがいは、多数派の小口スポンサーを獲得するか、少数派の大口スポンサーを狙うかという戦略上のちがいでしかなく、利益主義という点では同じではないのか。もっと深読みすれば、互いに相手の領分を侵さずに棲《す》み分けするという作戦なのかもしれない。

「うーん、二人ともやるなあ！」思わず唸《うな》ってしまった。

エイジアン発行の新聞で、もう一つ、著しい言論統制の下にあったのが、「マンスリー・ミャンマー」である。

ミャンマーはご存知のように、軍事独裁政権が続いている。国内に言論の自由なんてない。現地の新聞は「ミャンマーの新しい灯」と称する軍（政府）の機関紙が圧倒的なシェアを誇る。私も現地で見たことがあるが、毎日軍のお偉いさんの写真が並び、ところどころ英語で「いかに軍の秩序維持が大切か」「外国の傀儡《かいらい》となっている輩《やから》（アウン・サン・スー・チーなど民主化勢力を指す）にたぶらかされるな」などとも書いてある。

「マンスリー・ミャンマー」は、その「新しい灯」に生き写しであった。生まれ変わりといってもいい。さすが敬虔《けいけん》な仏教国、新聞も輪廻転生《りんねてんせい》するのだ。

それもそのはず、この新聞はミャンマー大使館員が作成している。しかも、その大使館員は実に熱心な方で、自分でも社説まがいの健筆をふるっている。ビルマ語部分は読めないが、ときどき、メチャクチャな日本語訳がついていて内容がうかがえる。

「日本の好きじゃない習慣、真似するな」（日本の好ましくない風俗を真似してはいけない）、「われわれ政府はオーダーがいい。詳しいことは家のページでレビューを望め」

（われわれ政府は秩序を重んじる。詳しくはホームページを参照ください）とか書いている。

日本語がでたらめにもかかわらず、高圧的な態度だけはしっかり維持しているところがさすがだ。もしかしたら、日本で最も政治的に硬直した商業紙（誌）かもしれない。

「どうにかならないんですか？」と劉さんに言ったところ、

「ミャンマーは大使館の許可がないと新聞が出せない。妨害が入るの。タカノさんも、政治的に敏感な記事は危ないから書かないでね」と逆に釘《くぎ》を刺されてしまった。

私は反政府民族ゲリラの支配区に住む少数民族について書こうと思っていたが、これを聞いて断念した。しかし、それは思ったほど嫌な気分ではなかった。というより、けっこう感動してしまった。

「おお、言論の自由が侵害されとるぞ！」とまた思ったからである。

ライターを始めてから今に至るまで、何かについて「ヤバイから書くな」などと、言われたことはない。ちなみに、全国紙の記者をしている先輩や友人に訊いても、「日本では政治的な圧力で記事が書けないことはない」と明言していた。差別問題やスポンサーの関係で圧力がかかることがあるが、これは政治とは直接関係ない。

わかっていても書けない政治的記事というのは、「それを書くと、ネタ元との信頼関係が壊れて次からネタをとれなくなる場合と、単に裏がとれない場合だけ」だそうである。

私はなんだか自分が本物のジャーナリストになったような恍惚感《こうこつかん》をおぼえた。だって、そうだろう。私は日本でもほとんどいない、政治的圧力によって筆を押さえられているライターなんだから。

ところがである。

劉さんの説明がウソであったことをしばらくして知った。

日本では、ミャンマー（ビルマ語）の新聞は他にいくつも刊行されており、そのいずれもが反政府・民主化勢力によるものだったのだ。それでも、別に問題なく新聞・雑誌は発行できている。

考えてみれば当然の話で、ここは日本であるから、ミャンマー政府が弾圧しようにもできるわけがない。

にもかかわらず、政府側に立っていたのはエイジアンだけだ。

いったい、どうしてか？　私は考えた。そして、わりと簡単に次のような結論に達した。

要するに、他紙と差別化を図りたかったのだ。他紙が民主化なら、うちは政府寄りで行こう。そうすれば、政府寄りの企業からの広告を独占できる……。

劉さんはそう考えたにちがいない。これは台湾の場合とは逆のパターンだ。

しかも、大使館員に任せれば、編集費もタダである。エイジアン主催でミャンマーもしくはアジア全体のイベントなどを行う際にも大使館の協力が全面的に得られる。ビジネス的には願ったり叶《かな》ったりなのだ。

しかし、心情的にはどうなのか。メディアに関わる人間としても、問題があるんじゃないか。倫理的にはどう思っているのだろう?

そんな私の疑問について、劉さんはあっさりと肩をすくめて答えた。

「政府が悪い国、たくさんある。私たちにはどうにもならないね」

エイジアンは、メニューのバラエティが豊富なだけでなく、国によって料理の味付けが極端に辛口と甘口があり、そういうところも屋台村的としか言いようがない。政治よりもその日の暮らしなわけで、ジャーナリズムとは無縁の立派な庶民である。

そして、私もまた「社長がそう言うならしかたない」と、自分の利益のために反政府的記事を差し控えているわけで、「本物のジャーナリスト」も何もあったもんじゃない。

圧力に屈するのは楽なことだなあと、これまた一種の感銘を受けたのだった。

第二章　アジア新聞の爆走

1．校了日は「文化祭前夜」

私は一心にペダルを漕《こ》いでいた。

別に私が「少年の心」を持ってるわけではなく、単に自転車がボロくてギアがトップに入ったまま動かなくなってしまい、一心に漕がないと前に進まないという事情があるだけだが、それでも気分は晴れやかだった。

長引いた梅雨《つゆ》がやっと一段落し、耳元をカラッとした夏の風が吹きぬける。

そして、これまでの私の不面目な日々も一緒に後方へどんどん流れ去っていくような気がする。

一人暮らしで、フリーで、しかも売れないライターの生活なんてものは、混沌《カオス》そのものだ。

昼も夜もなく、平日も土日もなく、盆も正月もない。なんとなく仕事をし、なんとなく休み、要するにのんべんだらりんと時間がすぎていく。

それは決して気持ちのいいものではない。節のない、のっぺりした竹を想像してもらえば、その気持ち悪さが少しわかっていただけるだろう。

「こんなの、竹じゃない！」と思うはずだ。

私も同様で、「こんなの、人間の生活じゃない！」とよく思っていた。

だが、エイジアンに深く関わるようになって、この気持ち悪さが一掃された。

ここで発行される新聞はすべて毎月一日発売である。

したがって、版下を最終的に印刷所に手渡す「校了日」はたいてい二十五日となっていた（日数の少ない二月、ゴールデンウィーク前の四月、そして年末は若干前倒しになる）。

この日までには、何がなんでも原稿を書き、しかも他人の原稿の校正や催促もしなければいけない。全部で五紙にたずさわっているから、その一週間前くらいから猛烈に忙しくなる。それ以外の二十日ほどがエイジアン参加以前よりさらにヒマなので、関東平野に突然槍ヶ岳《やりがたけ》がそびえるような状況だ。

結果的にいえば、それが竹の節目になった。二十五日を過ぎれば過去、次の二十五日までが未来というように時間の観念が生まれた。

多くの創世神話は神様が天と地を分けたことに世界の端緒を認めるが、時間にしても空間にしても分けることが大切なのだ。

さて、エイジアン暦九年七月、今月も二十五日がやってきた。

私は一心にペダルを漕ぎながら、エイジアンへ向かっていた。

エイジアンこそ私を混沌から救い上げてくれた神様だが、その神様自体が混沌であるというのが、一般の創世神話と異なる点である。


会社に着くと、私は空いているデスクにノート型パソコンを出し、原稿を打ち始めた。「校了日」に原稿を書いている場合じゃないだろうと思われるかもしれないが、それはあながち私の怠慢のせいだけではない。

月刊紙にもかかわらず、「新聞なんだからできるだけ新しいニュースを載せようよ」と、いい加減なくせに新しいモノ好きである社長の劉さんが主張するからだ。

他のスタッフは基本的に社長の指示などハナから無視しているので、さすがに記事はすでにできあがっている。ただし、彼らには編集作業がある。

エイジアンの「編集作業」は独特である。

まず、パソコンを使ってレイアウトを組む。そして、紙面をきれいにプリントアウトしたものを印刷所へ渡す。その紙のことを「きれいな紙」と呼んでいた。

ふつうの編集作業では、レイアウトのデータを印刷所へ渡すだけで、わざわざ「きれいな紙」を作ったりしない。だが、エイジアンでは紙面に使うタイ語やビルマ語の文字を印刷所が受けつけない。中国語は漢字だが、鄧小平《とうしょうへい》の「鄧」のように、一般の日本のパソコンで出ない漢字はたくさんある。だから、データで送りようがないのだ。

こんな入稿の方法は日本語のメディアではありえないので、それを表す言葉がない。やっぱり、あまりに単純だが、「きれいな紙」と呼ぶしかないようだ。

——それにしても……。

よく、こんな調子で新聞が五つも期限きっかりにできるものだ。

毎度のことながら、つくづく感心する。

台湾および東南アジア出身の外国人の多くは、私とは別の意味で、時間の観念が希薄だ。いわゆる〝南国的大らかさ〟である。日本にいるときは母国ほどではないが、それでも約束の時間を三十分や一時間、遅刻することは珍しくない。

取材の打ち合わせやインタビューですらそのくらいルーズなのだから、手間のかかる新聞を一つまるまる作成するのに五日や十日くらい遅れても不思議ではない。

さらに、台湾、タイ、インドネシア、マレーシア、ミャンマーと、各紙のスタッフはそれぞれが独自のやり方で紙面を作っている。同じオフィスで机を並べていても担当している国がちがえばその過程は知らない。隣の机がすでに外国であり、異文化なのだ。

当然のように社長の劉さんも把握していない。

劉さんは、自分の周りに人を集めることに関しては天才的だが、それを管理する能力には欠けている。というより、管理しようとしていない。

「会社のために頑張るという社員は嫌い。自分のために頑張るという社員が好き。だって、そういう人のほうがおもしろいから」という名言を吐くだけのことはある。

その名言には社員もスタッフも熱心に耳を傾けている。その結果、本来は土曜日も出社日であるにもかかわらず、ほとんどの人が出社しない。だから、土曜日に会社に電話をすると、たいてい劉さんが出る。

「ほんと、あたしの言うこと、誰も聞かない。頭、痛いよ」と劉さんは言うが、あまり深刻そうではない。

実際、劉さんという人は、新しいビジネスを開拓することと金策にしか関心がないようで、すでに軌道に乗っている仕事はほっぽらかしている。

校了日の今も、いつものように電話だ、お客だとキャーキャー言いながら走り回っていて、オフィスの東側半分に固まっている編集セクションには近寄ってこない。

では、どうやって新聞制作が期限どおりに毎回成立するのか。

それはひとえに「朴さんの力」である。

朴さんは「なんとなく編集統括」になっている。前にも言ったように、エイジアンに韓国語新聞がなく、手が空いているからなのだが、それだけではない。

彼女は仕事ができる。

広告営業もやる。エイジアンで行っている数々の副業への問い合わせや、これまた数々の苦情にも電話で応対する。そのうえさらに不動産業務も担当している。アジア系外国人にアパートを紹介するという仕事だ。四ページほどの韓国人向け不動産情報誌も作っている。

その名も「家を探して三万里」。

ふつう、営業的には「うちに来ればすぐ物件がみつかりますよ」とアピールしなければならないはずで、こんな自虐的なネーミングでは客足が遠のきそうな気がする。だが、現実には「いや、ほんと、そうだよね」と韓国人の共感を誘うとのことで、彼らがいかに日本で住まい探しに苦労しているかが偲《しの》ばれる。日本人の排外的な体質をもいやおうなく知らされる。

それはともかく、朴さんはこういった仕事をこなしつつ、各新聞の編集（エイジアンではパソコンでレイアウトを組むこと）も手伝う。特に、日本語ページは半分以上、彼女がやっているようだ。

朴さんは、別にデザイン関係出身の人ではないが、センスがいい。私が新しく作った企画なども、タイトルと本文をさらっと読んだだけで、どこを強調し、写真をどんな感じで入れたらいいのかなどを素早く察知してくれる。

しかし、何よりも彼女の本領が発揮されるのは、校了日だ。

「早く入稿してよ」という印刷所の人に電話し、「すみませんが、明日の朝まで待っていただけないでしょうか。『またか』って感じですが……。ええ、そうなんです。ふふふ」とあくまで腰は低く、しかし絶対に引かないという強い意志、それを押し付けと思わせないユーモアでくるむ。

電話が終わると、別段表情も変えず、「そういうわけで明日の朝八時がリミットです。みなさん、頑張りましょう」と淡々と宣言する。

これが社長の劉さんがどんなに叫ぶよりも効果がある。

スタッフはみんな「はーい！」と返事をして、あらためてパソコンに向かう。

それを見ると、「朴さんって、学級委員長みたいだなあ」と思う。担任の先生よりもクラスで人望が厚い学級委員長の女の子がいたりするだろう。それが朴さんだ。

学級委員長とかクラスで思い出すが、この毎月の校了日は、文化祭の前日によく似ている。切羽詰まっていながら、なんだか妙に楽しい。

生徒、いやスタッフがみな、若いということもある。編集作業をしつつも、おしゃべりは途絶えることはない。

レックちゃんと朴さんは仲良しなので、隣同士に並びながら、よくおしゃべりをしている。

「日本語ってほんと、漢字がめんどくさいよね」とレックちゃんが同音異義語の変換に苦労しながら言う。すると、朴さんがタバコをふかしながら、異議を唱える。

「そう？　あたしは漢字、好きだけどな。詩みたいな感じがして」

「詩？　ポエムの詩？」

「そうよ」

「そうかなあ？　朴ちゃん、変わってるね。私は、漢字は理屈っぽい気がする。タイ語の文字のほうが詩に近いと思うよ」

「レックちゃんのほうが変わってるんじゃないの」

二人で妙な議論をしはじめ、いつの間にかキーボードを打つ手が止まっている。

そこへ、「マレーシア・ワンダー」の鄭《てい》さんが登場した。

「わ、本物の詩人が来たよ！」と女の子二人は笑い声をあげる。

鄭さんは中国系のマレーシア人だ。肌が陶器のように白く、上品な銀フレームのメガネをかけたマダムである。おだやかでマジメでにこやか。いつも自宅で新聞を仕上げ、きっちりと期日通りに「きれいな紙」を会社に届ける。

鄭さんはマレーシアやインドネシアに住む華人が多くそうであるようにクリスチャン、しかもひじょうに敬虔《けいけん》なカトリックである。事あるごとに、「これも神様のおかげです」

とおっとりと微笑《ほほえ》む。彼女は「マレーシア・ワンダー」にときどき、自作の詩を載せている。もちろん、神様を讃《たた》える詩だ。それでみんなから「詩人の鄭さん」と呼ばれているのだ。

「いつも早いですね」朴さんが版下を受け取りながら声をかけると、鄭さんは柔和な笑みを浮かべて、「これも神様のおかげです」。

鄭さんが帰ると、思わず私がつぶやいた。

「やっぱり、ぼくの仕事が遅いのは神様を信じてないからかなあ……」

朴さんとレックちゃんが笑う。

レックちゃんが鄭さんの届けた「きれいな紙」を整理していると、突然、ドスドスと現れたのがミニ武蔵丸ことインドネシアのバンバンさんだ。

バンバンさんはレックちゃんの椅子《いす》にどかっと座り、パソコン画面の言語設定をインドネシア語に換えてしまう。

「あ、ちょっとバンバンさん、ダメ！　今、私がそこで仕事してるの！」レックちゃんが大声で抗議する。

「いいじゃん、いいじゃん、ちょっとだけよ。レックちゃん、仕事早いでしょ？　ボク、遅い。遅い人が早い人より先にやる。これ、正しいでしょ？」

バンバンさんはカラカラと豪快に笑った。

「ダ・メ！　ほら、どいて、どいて！」レックちゃんが無理やりバンバンさんの太い腕をつかみ、引っ張る。

「しょうがないなあ……」バンバンさんは不服そうにボヤいて、立ち上がる。そして、今度は別の誰かが席を立つのを狙《ねら》う。

　エイジアンでは、新聞の数よりパソコンの数のほうが少ない。だから、校了日には、パソコンの取り合いになるのだ。もっとも、バンバンさんはいつも必ず遅れてやってくる。直前まで、連絡がとれず音信不通のことも多い。みんながハラハラしていると、ギリギリの時間に突如現れる。「正義の味方」という仇名《あだな》がついたくらいだ。

　その正義の味方は、現れるとこうやって人の邪魔をする。しかし、これがまた、毎度毎度のお約束なのだ。

　わざと女子の邪魔をする小学生の男子そのもので、私も女の子たちも、バンバンさんの茶目っ気につい噴き出してしまう。

　こうして、夜が更けていく。

　途中で誰かがおにぎりやお菓子をコンビニに買出しに出かける。一人一人が注文することもあれば、誰かが自分で買ってきたのをみんなに分けることも多い。この「分配」は、校了日に限らず、社内では徹底している。

　日本のふつうの会社でもやっていることだが、エイジアンほどではないらしい。日本の会社では自分たちがおやつに食べているクッキーやメロンパンを初対面の来客に「どうぞ」と差し出さないだろう。これはもう、アジア式としか言いようがない。

レイアウトができると、今度は「きれいな紙」のプリントアウトなのだが、これがまた難問。というのは、どういうわけか、一台しかないプリンターの調子が悪く、一枚印刷するのに十五分もかかるのだ。

四枚印刷したら一時間。当然、ここでもプリンターの争奪戦が繰り広げられる。

私とバンバンさん以外は、みんな若い女の子ばかりだ。この頃になると、社長の劉さんもやっと加わりだし、率先してキャーキャーと騒ぐ。

「きれいな紙」がプリントアウトされてもそれで終わりとは限らない。

私たちはハサミとノリを使って漢字の切り貼《は》りをしていた。中国語ページが先に終わると台湾人の編集担当が帰ってしまう。そのあとで、日本語ページに「鄧」という文字が出てくると、他に誰も中国語ソフトが使えないため、「鄧」という字がどうしても打ち出せない。

そんなときはしかたなく、私やレックちゃんが日本語ワープロソフトで、「登」を半角サイズで、「阝《おおざと》」のつく漢字（「郎」とか「郭」とか）を全角サイズで打ち込んでプリントアウトする。で、「登」と「阝」の部分をハサミで切って、一文字分のスペースにノリで貼り付けるのだ。

新聞の一文字を手で合成するというんだから、その微細さと原始度はおそるべきものだ。誰かがそばを通っただけで三ミリほどの「登」はその風でどこかへ飛んでいってしまい、二人してゴミだらけの机の下を探す。「あった！」と歓声をあげたときには、「阝」が行方不明になっていたり。

やっと二つ揃《そろ》っても、一マス分のスペースにきっちり埋めるのが難しい。特に不器用な私は「登」を上下さかさまにつけてしまい、「あ、しまった！」とそれをはがそうとすると強力なノリのせいで「きれいな紙」が破けて隣の文字まではがれ、「あー、タカノさん、ダメー！」とレックちゃんの悲鳴が響く。

なんやかんやで文字の合成に成功すると、「できた！」と喜び合い、すべてが「できた」ような錯覚に陥るが、実は漢字が一つできただけである。

でもって、やっと「きれいな紙」ができ上がるが、それがまた汚れやすい。すぐゴミがついたり、お菓子のカスがはりついたりする。

「あー！　誰か、きれいな紙、触ったでしょ？」

「ほんとだ。これ、チョコを食べた指のあとだ」

「ボク、知らないよ」

「指の模様を調べれば誰がやったかわかるんじゃない？　ほら、警察がよくやってるじゃん」

「え、指紋調査？　チョコでやるの!?」

　こんなことでまたワイワイと大騒ぎし、夜が更けるにつれ、校了日の文化祭前夜度は加速度的にヒートアップしていく。

　朴さんだけはその騒ぎに直接加わらず、いつものように目だけで微笑みながら、タバコをふかしている。そして、あまりにも騒ぎの度が過ぎると、「みんな、明日も徹夜したいみたいですねえ」と煙を吐き出して、つぶやく。学級委員長というか、姐御《あねご》というか、とにかくその一言でみんな、やっと本来の仕事に戻る。


　いつもは明け方（ひどいときにはほんとうに印刷屋さんが「きれいな紙」をとりに来る朝九時頃）までかかる作業だが、たまたまこの日はまだ夜明け前、四時ごろに終わった。

　すでに他のスタッフは二時か三時ごろには帰ってしまっており、残っているのは私と朴さんだけだった。

　会社のある大久保とそれに隣接する高田馬場・早稲田・新宿エリアは、日本におけるアジア系外国人の本拠地だ。どんなに夜が遅くなっても誰も気にしない。みんな、歩いて帰れるくらいの場所に住みかがあるか、さもなければ歩いてたどりつける友だちのアパートに転がり込むのである。

私たちは「きれいな紙」を最後にもう一度確認すると、ゴミを片付けて、電気を消し、オフィスを出た。

外に出て驚いた。ものすごい暴風雨が吹き荒れていたからだ。ビルの看板がガタガタと揺れ、自転車は横倒しになり、そこに街路樹の葉っぱが枝ごとくっついて、一緒に震えている。

そう言えば、昨日、新聞に「明日の夜、台風が東海地方に上陸か」と書いてあったっけ。晩の買出しまではなんともなかったし、その後も屋内にいたからわからなかったのだ。

私たちは顔を見合わせた。朴さんは用意よくカサを持ってきてはいたが、とてもさせる状態ではない。いっぽう、私は天気のことなど考えもしないで自転車だ。

「どうせ濡《ぬ》れるんだから、ぼくの自転車で帰ろう」私は言った。朴さんのアパートは、私のアパートへ帰る途中にある。どうせ濡れるわけだし、二人乗りしようと思ったのだ。

「そうですね」朴さんもうなずいた。

まず私が自転車のサドルにまたがった。当然、朴さんも後ろにまたがると思いきや、足をそろえて横ずわりしたのにはびっくりした。彼女は絶対にスカートをはかない主義で、今日もジーンズ姿だった。またがっても何の不都合もない。しかも、こんな暴風雨の夜にだ。日本の女の子なら、誰だって男と同じようにまたがるだろう。

姐御だと思っていた人がちょこんとお嬢様のように、後ろに両足をそろえてすわる。右手は私の腰に軽くまわす。

「な、なんだ、これは!?」

まるでデートスタイルじゃないか。経験はないけど、テレビや映画でなら見たことがある。

「だいじょうぶ？　揺れるから危ないよ」私が言うと、

「平気ですよ」と朴さんはいつもどおりクールに微笑んだ。

あとから考えれば、まだ儒教的習慣が根強い韓国では朴さんくらいの世代の女性が自転車の後ろで股《また》を開いてすわるという習慣がないだけかもしれなかったが、私はかなり焦った。焦ったあまり、強引に発進した。

ただでさえ、ギアがトップに入りっぱなしで、スタートに難がある自転車だ。しかも、この強風と雨。後ろでは朴さんが左側に両足をそろえて、つまり重心を左に思い切り傾けている。

最初からバランスが崩れたまま、私は立ち上がって一心に、というより懸命にペダルを漕いだ。

自転車がよろよろと右に左に大きく揺れる。目に水滴がしみる。横殴りの風がゴーゴーと吹き付ける。

そのとき、突然、甲高い悲鳴が聞こえ、朴さんの腕がギュッと私の胴にしがみついた。

「オンモヤ！　オンモヤ！」

異国の悲鳴が嵐《あらし》の東京に響き渡った。

叫んでいるのは朴さんだった。私は慌てて自転車を止めた。

「どうしたの、いったい？」と怒鳴ると、

「怖いんです！」朴さんも怒鳴り返した。

「怖い？　でも、オンモヤって何!?」

「韓国語で『お母さん』って意味です！　怖いときは韓国人はそう叫ぶんです！」

朴さんは私にしっかりしがみついているくせに、ドスのきいた声で怒鳴り返す。

自転車が揺れて怖い。それだけでも「姐御」朴さんのイメージを覆すのに十分だが、さらに「お母さん！」と叫んでいたのか。

「ゆっくり行くからだいじょうぶ。ちゃんとつかまっててね」

私はそう言って再びスタートした。だが、ゆっくり走ればますます揺れるのが自転車の宿命である。

またしても、背後から悲鳴があがった。「オンモヤ！　オンモヤ！」

彼女は必死のあまり、もう子どものように両手で私にかじりついていた。

でも、私はもう止まらなかった。

「タカノさん、わざと揺らしてるでしょ!?」朴さんは、えらい剣幕で怒鳴る。背中に彼女の頭がピッタリ押し付けられているので、その怒声は私の内臓に響きわたった。

「わざとじゃないって！」と言いながら、今度はほんとうにわざと揺らしてみた。

「わっ！　オンモヤ！　オンモヤ！」

朴さんに後ろから抱きしめられたまま、私は懸命にペダルを漕いだ。学生時代にもこんな楽しい夜はなかったと思いつつ。

2．タイと日本、トンデモ記事くらべ

エイジアンの新聞は、世間一般の雑誌やミニコミ紙と比べてどのくらいのレベルなのか。

私の知り合いのライターたちが自分で取材して書いている記事や、現地の旅や体験をもとに書いているエッセイは、一般の雑誌と比べても決して遜色《そんしょく》なかったと思う。私が連載した「タイ人気質《かたぎ》」はその後、『極楽タイ暮らし』と改題され文庫本になり、これまで私が出した本の中では売れているほうだ。

日本を代表するミャンマー文化研究者であるTさんのエッセイは上質だった。同じく、Tさんは「ミャンマー文学紹介」と題し、ミャンマーの文学作品の翻訳を載せていた。

ミャンマーの文学が商業紙（誌）に連載されたのは日本では初めての快挙だ。これも、のちに『変わりゆくのはこの世のことわり』（テイッパン・マウン・ワ著、てらいんく）というタイトルで単行本化され、全国紙の書評でも紹介された。

タイや台湾の料理紹介のページも、担当のライターが丁寧に取材をして書いていた。

問題はニュースページである。

現地に記者がいない以上、向こうで出た新聞・雑誌・ネットの記事をパクる、いや「リライト」するのはやむをえない。

ただ、そのまま丸写しで直訳するのは避けた。道義的な問題ではなく、タイ人や台湾人に向けて書かれたものは、そのまま訳しただけでは日本人には理解できないからだ。

私はタイ、台湾、そして、ときたまインドネシアのニュース記事を、ネイティヴ・スタッフの協力で翻訳・解説した。

それは毎回カルチャーショックとの出会いでもあった。記事のスタイル、記事の内容、そして記事を翻訳・解説するネイティヴ・スタッフ、そのどれもがおもしろい。

例えば、「タイ・ニューズ」でやっていた「タイの街角から」。

「首相、占い師の助言で署名を変える」「主婦、大蛇に襲われる」「国民的人気の水牛、テレビ出演過多で過労死」「双子ばかり生まれる村」……という、スポーツ新聞的というかワイドショー的なニュースを取り上げた。

最初はレックちゃん、のちには担当が代わり、合計六人か七人のタイ人と一緒にやった。

担当であるタイ人スタッフがネットでタイの新聞記事を読み、おもしろそうなものをいくつか選ぶ。その中から、私が、日本人がおもしろいと思うような——正確には私がおもしろいと思った——タイならではのニュースをピックアップする。

そして、私が彼女に取材する形でメモを取っていく。

「それはいつ、何時ごろ起きたの？」「目撃者は誰かいた？」「被害者の名前は？」……。

こうしたスタイルを取らざるをえないのは、タイのニュースには、日本の新聞・雑誌のように筋道立った構成がないからだ。それどころか「いつ」「どこで」「誰が」「何を」「なぜ」「どのように」したのか、ちゃんと書かれていない。

記事の基本である「5W1H」が揃っていることがめったにないのだ。記事を読んでもなかなか事件の全貌《ぜんぼう》がわからない。そして、おおまかな全貌がつかめると、今度は至るところに疑問点が噴出するというのがザラであった。

日本でいえば、朝日・読売・毎日クラスの全国紙がそうなのだ。

例えば、「銃で撃たれた男が無傷で助かる」という記事があった。要約すれば、こうだ。

××県の××郡にある市場で、ケンカが起きた。一人の男が所持していた銃を抜いて撃ったところ、逃げようと走り出した相手の男性の背中にあたった。撃たれた男性はその場に倒れ、すぐさま近くの病院に収容された。しかし、なんとも不思議なことに、担当の××医師が診察したところ、男性はまったくケガをしておらず、背中には赤い痣《あざ》のような跡がついているだけだった。男性は、××というお寺にいる高名な僧・××師の作った「プラクルアン」(お守りの一種)を首から下げており、「この奇跡はお守りのおかげだ」と人々は話している。

治療した病院と担当医師の名前はフルネームで書かれているが、肝心なこの幸運な男の名前はどこにもない。目撃者は何人もいたとあるが、その名前は一つもない。一般人が銃を持っているわけがないから、撃って逃げた犯人はヤクザかマフィアかと思うが、それについては一切触れていない。ケンカの理由も書かれていない。

なのに、どこのお寺でどの坊さんが作ったお守りかはちゃんと書かれている。

まあ、これは一種の「トンデモ記事」で、タイの一般紙はこういう楽しい記事で満ちている。そして、楽しくない政治や犯罪の記事でも、5W1Hは全然そろっていない。

さらに、犯人の年格好や被害者の年齢など、読者の視覚的イメージを喚起させるひじょうに大事な情報がなぜか常に割愛されている。

でも、ある部分はちゃんとフルネームで記され、誰かが調べなおそうと思えばできるようになっている。このちぐはぐさが不思議だ。

それから、これまたよくあるケースだが、話題になっている同一の事件の記事の細かいデータが新聞によってちがっている。

日付、場所、犯人の人数、被害者の職業、地元警察の談話までがずれていることなどしょっちゅうだ。極端な場合、ある新聞では犯人は捕まっていて、ある新聞では逃亡している。そして、訂正記事もないまま、フェイドアウトしたりする。

そもそもタイでは、新聞もテレビも独自取材をあまりしない。政府や警察の記者会見による発表以外は、主に伝聞で記事を構成している。だから、メチャクチャでいい加減な記事が多い。

もっとも、レックちゃんによれば、「わざと内容を変えてることもある」という。

他の新聞をそのまま流用して書く場合、全部同じだと問題があるから、少し内容をアレンジしたりするのだという。良心的なのか、もっと良心から遠ざかっているのか、判断に苦しむところだ。

そういう記事を私たちがまたパクって、いやリライトして書く。日付がないときは、適当に「警察発表が十四日だから、事件が起きたのは三日くらい前として、十一日でいいか」などと決める。

日本人に伝えるニュースでは5W1Hを落とすわけにはいかないので、でっち上げをやらざるをえないのだ。これも良心的なのか、もっと良心から遠ざかっているのか、我ながらよくわからない。


タイ人スタッフの反応もおもしろい。私が一緒に仕事をしたのは、全員若い女の子だったが、しょっちゅう下ネタ系の記事を選んでもってくる。「できるだけ変な、おもしろい記事を探してね」という私のリクエストに応《こた》えてくれてありがたいのだが、よく男の私を相手にこんな話を選ぶものだ。

「夫が浮気したので、妻がペニスをちょん切った」とか「おっぱいに睡眠薬を塗っておき、ベッドで男がそれをなめると眠ってしまい、その間に金品を盗むという〝おっぱい詐欺〟」とか。

そういう話を堂々と選んでくるだけあり、タイの女の子はその手の話題におじけづいたりしない。すごくおとなしくてマジメな子でも「おちんちんを切っちゃうわけですね。これは怖いですねえ」とくすくす笑う。「おちんちん」「おっぱい」くらいはまったく平気で口にするのだ。さすがに女性器はそのまま言わないが、「女の人のアソコ」とやっぱり平然と言う。

彼女たちにとって、日本語は外国語だから語感がダイレクトに響かないという理由もあるのだろうが、記事によっては、原文を読み上げたりもして、やっぱり、タイ語でもちゃんと「おちんちん」と言っている。で、ちょこっと、照れくさそうにニコッと微笑むくらいなので、抵抗感は日本人よりずっと薄いようだ。

しかし、この「取材」で恥ずかしいのは私のほうだ。

二人きりで、若い女の子とサシで向かい合って、そんな話を根掘り葉掘り訊《き》くのだ。つい、緊張して「男のアレがその……」などとぼかして訊いてしまう。すると、タイ娘のほうが「男のアレ？　あー、おちんちんですね？」としっかり発声してくれる。こちらは周囲のスタッフに聞かれてるんじゃないかとドギマギしてしまう。

このコーナーでは、よくもこれだけおもしろい記事があるなあと最初は感心していたが、一年以上やると、だんだんマンネリ化してきた。

変なニュースが少ないのではなく、パターンがわかってきてしまったのだ。

いちばん多いのは、何か仏様の力で奇跡が起きたとか、夢を見て宝くじが当たったというもので、ほとんど毎月のようにある。それから、村おこしとかデパートなどの客集めで、牛、犬、ニワトリ、ゾウなど、やたら「動物の結婚式」を行う。これも「生き物を大切にする」という仏教的思想が背景にあるようだが、「定番」ニュースでこっちが飽きてしまう。

「ねえ、何かもっとおもしろいニュース、ないの？」私が無理を言うと、レックちゃんはよくこんなことを言っていた。

「日本のニュースのほうがずっとおもしろいですよ。プロレスラーがどんどん議員に当選して、しかも議会にマスクをつけて行っていいかどうかなんて真剣に議論してるんですよ。それから、神社のお賽銭《さいせん》を盗む人が捕まったっていうのも驚いた。タイではそんなこと考えられない」

たしかに言われてみれば、異常な話だ。しかも、タイのトンデモ記事は、信憑性《しんぴょうせい》が低い、あるいは信憑性など必要としていない娯楽記事だが、日本のニュースは事実である。真剣度が高い分、タイよりもすごい。

それから、タイ人スタッフは、日本の性風俗の乱れにとことん嫌気がさしていた。電車の中で乗客がエロ本まがいの雑誌や新聞を平気で読むこと、ポルノ女優がテレビタレントになってしまったりすること、女子中高生が小遣い目当てに売春をし、しかもそれを「援助交際」などというオブラートのような言葉でくるみ、もはやニュースにすらならないことにも呆《あき》れ果てていた。

そういう乱れた社会に平気で生きている日本人の男が、「おっぱい」「おちんちん」という所詮《しょせん》は身体部位を表す単語ごときにうろたえているのが、またある種の驚きでもあったみたいだ。

タイ語ページでは、ぜひそういう日本のトンデモ記事を載せてほしいと思うのだが、なぜかそういうことはしていなかったようである。

3・新聞制作を迷惑がる社長

「台湾時報」のニュース記事作りも基本的には「タイ・ニューズ」と同じである。

これはもっぱら劉さんと一緒にやった。

劉さんは私とのこの共同作業を心底嫌がっていた。毎日新しい事業を出したり引っ込めたりで頭がいっぱいだからこんなルーティンなことはやりたくないのだ。

「十五日水曜日の午後六時」というアポを取って行っても、「え、今日だっけ？」と驚いたり、「きゃあ、タカノさんが来た！」と大げさに悲鳴をあげる。まるで宿題を忘れた子どものようである。怒るのがバカバカしくなり、つい「またぁ？」と甘い顔をしてしまう。すると、劉さんは「エヘヘヘ」と子犬のように笑う。彼女の術中にはまっているのがわかりながら、どうにもならない。もっとも、私を術中にはめたって、どうしようもないのだが。

しかたなく、私は劉さんが他の仕事を片付けるまで一時間以上待ったあげく、何にも準備していない劉さんと一緒になって、記事探しから始める。

エイジアンは台北にも支社があるので、劉さんは毎月台湾に帰る。その際、週刊誌を大量に仕入れてくる。その中から、おもしろそうな記事を選んで翻訳する。そこが、ネットの記事をネタ元にしている「タイ・ニューズ」と唯一ちがうところだ。


台湾の週刊誌というのは、これまた独特である。

まず、ゴージャスだ。たいてい、女性向けファッション誌ほどの大判サイズで、オールカラー。ページ数も女性向けファッション誌くらいある。とても一般の週刊誌とは思えない。

しかし、内容は薄い。

タイの新聞ほどではないが、ここでもやはり5W1Hの原則はないがしろにされている。印刷やレイアウトといったハード面ではしっかりしているだけに、「あー、台湾もメディアのレベルはまだまだなんだなあ」と痛感させられる。

台湾記事の特徴は、繰り返しが妙に多いことだ。何度も何度も同じことを書く。初めは何かの間違いではないかと思ったくらいだ。

やがて、その理由がわかった。台湾人は分厚い雑誌が好きなのだ。しかし、情報量は足りない。そこで、本来、二ページで収まるような記事を四ページか六ページに引き伸ばす。当然、記事は冗漫になるが、それだけでは追いつかず、同じ話を繰り返すという秘技が連発される。

また、台湾の雑誌や新聞を読んでよくわかったのは、台湾人はお金が好きだということだ。内容だけでなく、見出しが「金額」なのである。

例えば、日本では、「浜崎あゆみのニューアルバム売り上げが百万枚突破！」と出るが、台湾では「浜崎歩《ピンチーブー》（浜崎あゆみのこと）の新盤五千万元突破」となる。

イベントでも日本なら入場者数だが、台湾は「ジャッキー・チュン（張学友）のライブ、一晩で二百万元！」というふうに売り上げが出る。

企業の業績も、日本では「シェアが二〇％」だとか、「前年比の伸びが五〇％」だが、台湾では全部、それが具体的な金額で提示される。

すべてお金に換算しないと気が済まないらしい。

しかし、そのわりには、計算に弱いのが謎《なぞ》だ。数字の辻褄《つじつま》が全然合わないのだ。

「一九九六年にはアメリカ留学希望者が三三％だったのが、五年後の二〇〇二年には二四％と八％も落ちた……」なんて、平気で書く。どうして一九九六年の五年後が二〇〇二年なのか。どうして三三％から八％落ちて二四％なのか。

特に、引き算が苦手なようだ。足し算はわりと合っている。

タイの新聞と同様、状況説明が欠落していることも多い。

例えば、「太りすぎて病気になり、救急隊が部屋のドアを壊して救出した男性」という記事があった。ちゃんと本人の写真もあるし、助け出される写真もあるから、タイのトンデモ記事とはちがう。なのに、「太りすぎて何の病気になったか」は一言も書かれていない。

それから、救出されたとき、三百三十キロあったというが、そこに至る経過がおかしい。

「今から十年前、まだ高校生のときは、半分の体重だった。それが三年後には五十キロも増え、二百キロになってしまった」と書いている。三百三十キロの半分は百六十五キロ、そこから五十キロ増えたら二百十五キロじゃないのか。お決まりの計算ちがいだが、まだそれはいい。

しかし、「その後、一年間、闘牛士をやっていたときは、少しやせ、百五十キロまで落ちた」と書いてあるのは見過ごせない。

闘牛士!? 台湾に闘牛なんてあるのか?

劉さんの訳がちがっているのではない。漢字でちゃんと「闘牛士」と書かれている。説明は一切なし。

劉さんに訊いても「さあ。聞いたことないね」という。しかも、劉さん、「それで、闘牛士をやめてから……」とこの話題を流そうとする。流すな！　と言いたい。

「ちょっと、ちょっと！　これ、おかしいよ。すごく気になる」

私がせっつくと、

「うーん、たぶんこれはスペインの話。闘牛留学をしていたんだよ、きっと」と言い出す始末。彼女は早く宿題、いや仕事を終わらせたいという真摯《しんし》な気持ちでいっぱいなので、どんな物語でも紡ぎだしていく。

「体重二百キロの男が、スペインで闘牛留学？　ありえないよ！」

しかし、そうやって、ツッコむのはよくない。記事の辻褄が合わなくなるとき、劉さんは「あ、この記事、おもしろくないね。やめよう」と放棄してしまうからだ。

本場の台湾人が気にしてないことを私が気にしてもしょうがない。他の記事を探すとなると、作業が一からやり直しになるし、どの記事でも多かれ少なかれ、気になる部分は発見されるのだ。

劉さんの翻訳も曲者《くせもの》である。

経済や宗教、政治や学術的なものなど、彼女にわからない単語や文章が出てくると、知らん顔をしてすっ飛ばすのだ。単語だけならまだしも、段落一つ飛ばすことすらある。

私も中国語を少しやったことがあるし、だいたい漢字なので記事の七〇％くらいはわかる。

「劉さん、この部分は説明してないよ。どういうこと？」と訊くと、彼女はえへっと笑い、「あ、タカノさん、中国語うまいね。よくわかったね」と抜け抜けと言う。

実際には、段落一つ抜かせば文脈がおかしくなるから誰にでもわかる。中国語云々《うんぬん》の問題じゃない。

劉さんが勝手に割愛するのは、難しい文章だけではない。

彼女はなぜか、性的なネタにものすごく弱い。男遊びをしているわけでは決してないが、誰とでもよく酒を飲みに行き、ディスコで踊っているし、男友達も多い。ファッションについては私にはよくわからないが、いわゆる「イケイケ風」とかいうやつだろうか。性格もざっくばらんだ。

なのに、実は性に関してはすごく保守的、というかオクテなのだ。

大物政治家のスキャンダル記事のときもそうだった。

誰かがその政治家の部屋に隠しカメラを仕掛け、脅迫したとかいう話だ。

「それで、女の人が写真に写っていてたいへんなことになった」と劉さんは言うが、その政治家は奥さんと離婚していて、独身。別に恋人を家に連れてきても問題はない。

実は、ベッドシーンを盗撮されていたのだが、劉さんは恥ずかしくてそれが言えなかったのだ。劉さんは、こんなとき、昔の「女学生」みたいに顔を赤らめ、しどろもどろになる。すごく、かわいい。

この辺がタイ人スタッフと対照的だが、劉さんはまちがっても「おちんちん」とか「おっぱい」なんて言えない。「セックス」や「エッチ」という言葉も使えない。ものすごい早口で「二人寝室に行って……」と、ごにょごにょ言うくらいだ。ずっとやってるうちに、劉さんが妙に早口になってポンポン先を急ぐときは、だいたい性的な話が含まれているということがわかるようになった。

「性的」といっても、たかが平凡なベッドシーンである。まったく大したことはない。さらに、「どんな病気にも効く漢方薬」という話でも、男の精力を高めるとか、膀胱《ぼうこう》ガンが治るとか、そんなことまでもカットしてしまう。

不倫の話題でも、劉さんは緊張する。

ほんとうに不思議な姫である。

このように、劉さんに「取材」をするのはひじょうに骨が折れる。向こうも、忙しいし、やりたくない。

二人の思惑は一致しているので、何度も劉さん以外の人とやろうとしたのだが、一度も成功しなかった。台湾人スタッフが、他の国のスタッフと比べると、ちょっと能力的に見劣りがするのが原因の一つかもしれない。

他の国のスタッフが特別しっかりしているというわけではない。ただ彼らは、基本的に営業も新聞作りも社長と話をするのもみな日本語である。少なくとも、そういう心積もりで参加する。正社員の採用はもちろん、バイトの面接からしてそうだから、日本語能力や学歴が高い。

いっぽう、台湾人は社長が同胞だから、何かにつけて楽だ。中国語で済ましてしまえるので、日本語の上達もある程度で止まっていることが多い。エイジアンは社長が台湾人であるため、どうしても台湾関係の仕事（副業）が多くなる。したがって、台湾人スタッフの数も多く、「私がやらなくても誰かがやってくれる」というゆるい雰囲気を漂わせている。

実際、「台湾時報」の翻訳・解説を誰かに頼むとき、何かわからなくなったり、ひっかかったりすると、すぐに他の台湾人に助けを求めようとする。あげくには、「私より××さんのほうがこういうのは得意です」と言って逃げてしまう。

いっぽう、タイ、ミャンマー、インドネシアなどは、スタッフの数が絶対的に少ないから、なんだかんだ言っても、自分たちで片をつけなければならない。「一国一城の主《あるじ》」とまではいかないが、「一屋台の主」ではある。

民族性とも国民性とも関係がない。それを言うなら、台湾人は本来、独立心が並外れて旺盛《おうせい》なのである。その台湾人ですら、環境に甘んじると「雇われ人」化していくということで、人間の本質を見る思いがしたものだ。

第三章　アジア人の青春

1．朴さんの「湖」

エイジアンの魅力の一つは、二十代半ばから三十代初めまでの若い女性がたくさんいることだった。

しかもみんな器量よしぞろいだ。私の周りに女っ気がないからそう見えるとしても、私にそう見えれば十分な話だ。

特に私の心をくすぐる候補が三人いた。まず、最初に遭遇したエイジアン人（ヘンな言い方だが、感覚的にしっくりくる）であるタイ人のレックちゃん。かわいらしく、性格明朗。私はタイに二年ほど暮らしたことがあり、タイ人の基本的な考え方や習慣を知っているので、そういう意味でもいちばん親近感や安心感がある。

いっぽう、エイジアンの姫社長・劉さんは、本人が究極のエイジアン人だ。子犬のような純真さと並外れたエネルギーは、「もし、彼女とつき合ったら想像もつかない世界が見えるんじゃないか」という夢を与えてくれる。ハラハラドキドキ度はダントツである。

そして、「なんとなく編集統括」の韓国人の朴さん。年は私より四つ下だが、しっかり者だし、なんといっても三人の中でいちばん美人だ。

三人が三人とも、まったく異なった魅力の持ち主なだけに選択は難しい。

「どれにしようかなあ……」などと考えているうちに一年以上が経ってしまった。

もっとも、「だれにしようかなあ……」と勝手に考えているのは私だけで、肝心の相手方は私のことをなんとも思っていないようであった。

そもそも、私は「彼女がいない歴」、なんと十年である。その前もつき合ったことがある女の子は一人だけ、それも短命政権であった（向こうにとっては「暫定政権」くらいだったかもしれない）。

何をどうしたらいいかわからないうちに時間が過ぎてしまい、そのうちに、候補たちがどんどん「脱落」していった。私の手の届かないところへ行ってしまったとも言える。

まず、社長の劉さんが外れた。一年以上接していてよくわかったのだが、この人は「格」がちがう。姫は姫でも「もののけ姫」という感じで、外敵が来れば、巨大な狼《おおかみ》にまたがってヤリを振りかざして突っ込んでいきそうだ。私のようにスケールの小さい男はお呼びではない。「大勢のお供の一人」として、エキストラ出演がせいぜいである。

タイ人のレックちゃんは文字通り、手の届かないところへ行ってしまった。彼女には日本人の彼氏がいて、その人と結婚してしまったのだ。彼氏の勤務先が茨城の水戸《みと》ということもあり、エイジアンにも月末の校了日にしか顔を出さなくなった。

他の二人が急速に私の視界からフェイドアウトしていくなか、物理的にも心理的にも距離が縮まっていったのがコリアン姐御《あねご》の朴さんである。

最初のころは、そのクールさが魅力であると同時に近づきづらかったのだが、次第に彼女の意外な素顔が見えるようになってきた。

校了日までの一週間ほどは、私は毎日のように会社へ顔を出す。純粋に常駐している編集担当は朴さんしかいないので、話をする機会も多くなる。ときには、二人で近くのファミリーレストランへ出かけ、打ち合わせをかねてお茶を飲んだり、軽食をとることもあった。

それが午後三時でも、校了日の夜八時であっても「生ビールひとつ！」と景気よく頼むのが、さすが朴さんである。社長の劉さんを含め、スタッフ五人くらいで出かけ、みんながお茶やコーヒーを頼んでいたときも、彼女は平然とビールを頼んでいた。

姐御がビールなんだからという姑息《こそく》な安心感で私もビールを頼むようになった。ついでに口も軽くなる。

「朴さん、どうしておかしいときでも、思いきり笑わないの？」前から気になっていたことをある日、訊《き》いてしまった。答えは思いがけないものだった。

「いや、笑ってますよ。ただ、口を開けないようにしてるだけです」

「なんで？」

そこで、朴さんは「んんん……」と二秒くらい下を向いて難しそうな顔をした。何かマズいことを言ってしまったのかと私が心配になったとき、彼女はビールの残りをグイッと飲み干し、ジョッキをトンとテーブルに置いた。心を決めたようだ。って、いったい、何を？

「まだ、エイジアンの人には誰にも言ってないんですけどね……」彼女は声をひそめた。

「私、実は歯並びが悪いんです」

朴さんはなんとも恥ずかしそうな顔をした。

「か、かわいい！」びっくりすると同時に私は心の中で叫んだ。ただ、口に出すと、逆《げき》鱗《りん》に触れそうなのでグッとこらえたのだが。

彼女は「ほら」とわざわざ口を開けて、歯を見せてくれた。歯並びが特にいいというわけではないが、特に悪いというわけでもない。ごくふつうだ。それより、真っ白くて美しい歯だった。

この一件で、姐御肌でマイペースだと思っていた朴さんが、実はすごくシャイな一面を持っていることを知った。「根がシャイな姐御」というのは、男心にグッとくるものがある。

さらに、別の機会に、私は朴さんに打ち明け話をされた。

「タカノさん、実は、私、今月いっぱいでエイジアンを辞めるつもりだったんですよ」

「え、どうして？」私が顔色を変えると、彼女はフフフと低く笑った。

「だいじょうぶです。辞めるのをやめましたから。あ、ヘンな言い方だったかな」

朴さんが言うにはこういうことだった。

彼女は先日、韓国の大手紙の東京特派員の募集を見つけ、応募したところ、百倍もの倍率を突破し、採用が内定してしまった。前々から「どうして、こんな能力の高い人がエイジアンに勤めているんだろう？」と不思議に思っていたが、私の思いすごしではなかったわけだ。

でも、彼女は土壇場で内定を断ってしまったという。

「どうして？」私は訊いた。エイジアンに残ってくれるのは嬉《うれ》しいが、あまりにもったいないではないか。

朴さんは微笑《ほほえ》みながら首を振った。

「だって、給料がすごくいいんです。エイジアンの三倍くらい。私、そんなに仕事できる自信がありません。きっと、プレッシャーで倒れちゃうと思う」

　こりゃまた、なんと弱気な。というより、自分の能力の高さを本人が知らなさすぎる。

　でも、それがいいのかもしれない。腕がよくても、有名レストランで仕事をしようとせず、小さな店で働くことを選ぶ料理人がいる。そのほうが気楽だからだろう。そういう小さな店に行くお客にとってはありがたいことだ。

　やっぱり、朴さんもエイジアン人だった。屋台村の住人なのだ。

　私はますます朴さんが好きになった。


　どうやら彼女は私に心を開いているのではないか。好意をもっているのではないか。他の人にしない話をするのがその証拠だ……。

　勝手にそう思い込んだ私は、かなりざっくばらんに彼女に話しかけるようになった。

　そして、見事に地雷を踏んだ。

　竹島《たけしま》問題である。

　そのころ、ほとんどの日本人は竹島のことなど知らなかった。私とて同様である。

　ただ、ある日テレビのニュース番組かなにかを見ていたとき、日本のビジュアル系人気バンドが韓国公演を行った様子が映った。韓国の熱狂的ファンがステージに押し寄せる。

握手やサインを求める若者の間で、一人の女の子が「竹島問題をどう思いますか？」と訊いた。訊かれたバンドのメンバーは「竹島？　何それ？」とヘラヘラ笑っていたが、韓国のファンは怒っていた。

ニュースの解説で、私は初めてそれが日韓の間で領土問題になっていることを知った。

「すごいなあ。自分の大好きなアイドルに突然そんな政治的な質問をするなんて」

数日後、エイジアンに行ったおり、朴さんに笑いながらそう話すと、彼女の目の色が変わった。

「当たり前です！　だいたい竹島じゃなくて独島《トクト》です。独島は韓国の領土です！」

それまで仕事をしていた机からすっくと立ちあがり、私の前に仁王立ちになった。

「あ、で、でも、日本人は竹島問題って、そんなにこだわってないんだけど……」

それを聞くと、朴さんの顔はいっそう強張《こわば》った。手にペンを握り締めているので、仁王から一歩進んで怒りの不動明王を思い出させた。

「知ってます？　韓国では独島のことを、『妻と愛人の問題』と呼んでるんですよ！」

そのあと、えんえんと説教をくらったところによれば、竹島いや独島は完全に韓国の領土である。しかし、日本が横車を押して、自国の領土だと主張している。

だから、独島は韓国にとっては「妻」であり、日本にとっては「愛人」なのだという。

「だってそうでしょ？　妻はどんなことがあっても必死に守りたい。大事にしたい。自分のものだから。でも、愛人はちがうでしょ。もともと他人のものになったらラッキーっていう感じでしょ。日本人が独島問題を知らないくせに自分の領土だと言うのはそういうことです！」

これには圧倒された。クールな姐御が突然、牙《きば》を剝《む》いたという感じだ。それまで和気あいあいと話していても、いったん「日韓問題」になると、朴さんは不動明王に変身することをこのとき知った。

日本と韓国の間には、「歴史」を中心にいろいろな問題が埋まっている。それがすべて朴さんという平原で地雷になっている。いつ、どこでそれを踏んでしまうか予想もつかない。

興味深いことに、日本や日本人の話をしていてもまったく問題はない。もともと、朴さんは日本のハードロックバンドやテレビドラマに憧《あこが》れて日本にやってきたくらいである。

また、韓国や韓国人の話をしてもそれはOKだ。

ところが、日本と韓国が並ぶと突然爆発する。スイッチが入ってしまうのである。

だいたい、「日韓問題が……」とか「サッカーの日韓W杯が……」と言っただけでアウトだ。

「『日韓』じゃない。『韓日』です！」となる。

韓国語なら「韓日」と言うべきだろうが、私たちは日本語で話しているのだ。「日韓」でいっこうに差し支えないと思うが、中国起源の古い文化はすべて朝鮮半島から日本に伝わったとかで、韓国が兄貴分というか姉貴分であり、どうしても先に来なければいけないらしい。この辺になると、もう理屈が通じない世界になってくる。

私が学生時代に韓国へ行ったときの話もまずかった。

仁川《インチョン》で韓国人の学生と友だちになったという話まではニコニコして聞いていた。その学生たちは私をもてなそうと、わざわざコリアンエアーのスチュワーデスをしている美人の先輩を呼び出したが、彼女が到着したときには夜の十時を過ぎていて、遊びに行けなかった。当時は戒厳令こそなかったが、政府が店の営業時間を厳しく制限していたのだ。

政治的事情に韓国人の情の篤さがさえぎられ、とんちんかんな結末となったわけだが、こんな話も無事クリアされていたどころか、「あー、韓国人らしいなあ」と朴さんは楽しそうにうなずいていた。

ところが、私が下関《しものせき》から釜山《プサン》にフェリーで渡ったという話をしたら、そこが地雷だった。いや、フェリーはいいのだ。

「釜山に着いたら下関にそっくりで驚いた」という一言が死を招いた。

「釜山が下関に似てるんじゃありません！　下関が釜山に似てるんです！」

ど、どうして、そんなところで怒るのだ!? どっちだっていいじゃないか。というより、私は下関から釜山に行ってるのだから順番的にそうなるのが道理だ。しかし、いったん不動明王化した朴さんは誰にも止めることはできない。

私は朴さんが不動明王になるたびに考え込んでしまった。

彼女とつき合うのは地雷原を歩くようなものだろう。いつ、どこで惨事を招くかわからない。恋愛はハラハラドキドキするのがいいのだが、朴さんとのハラハラドキドキはちょっと、いやかなり意味がちがう。

結婚したらもっとすごいことになりそうだ。新聞やテレビで報じられる国際問題が即家庭問題と化すだろう。倦怠《けんたい》とは無縁だろうが、常に危険と隣り合わせの戦場である。食べ物、親戚《しんせき》づき合い、子どもの教育など、想像しただけでも恐ろしい……。

でも、そこにも朴さんの魅力は潜んでいる。

サッカーの日本対韓国（朴さん的には「韓国対日本」）戦の翌日、彼女はこう言っていた。

「ふだんサッカーなんか興味もないけど、韓日戦のときは絶対に友だちとテレビで見るんです。で、もし、先に点をとられて負けてるともう心臓がドキドキして、死にそうになっちゃう。昨日は勝ったからよかったけど、それでも嬉しいっていうより、ホッとするって感じですね。なんでかなあ……。これ、愛国心なのかなあ……」

やっぱり、不思議である。彼女はこのとき全然怒ってはいない。「敵側」である私に無防備とも言える率直さで本心をさらけ出している。そして、彼女が日本でいかに切羽詰まった思いでいるかも伝わってくる。

恐ろしい反面、「この人のことをもっと知りたい……」という気がしてならない。

私はもともと未知のものに対する憧れが人一倍強く、世界中どこまでも出かけていた。異文化に惹《ひ》かれるのもその一つだが、朴さんの場合は、ふだんは顔も言葉も基本的な習慣もまったく違和感がなく、外国人であることすら滅多に思い出さないくらいなのに、その心の奥に私の想像力をはるかに超えた謎《なぞ》の湖が潜んでいる。そして、おりに触れてはその湖から凶暴な怪獣が出現して、荒れ狂う。

でも、それはほんとうに凶暴な怪獣なのだろうか。もしかしたら、いったんなついたら意外にかわいいものではないのだろうか。

私は朴さんの「わからなさ」にいたく惹かれた。彼女の「秘密の湖」を自分の目と手で探ってみたいという、抑えがたい欲求に駆られた。

ただ、それは地雷だらけの危険地帯であり、探索を明日へ明日へと先延ばしにしてしまうのであるが。

2. 国籍不明の「三島さん」

三島さんは不思議な人だった。

まず、国籍が不明だ。

最初私は「三島さん」という日本人がいるのだと思っていた。よく、「三島さーん、電話ですよ！」と呼ぶ声を聞いたからだ。

でも、姿は見かけたことがなく、いったい誰だろう？ と思っていた。しかも、劉さんは「うちには日本人の社員はいない」と明言している。誰だろうというより、どういうことだろうという疑問が正しい。

しかし、実は私はエイジアンに参加してすぐに彼女と名刺交換していた。名刺には「マ・ラ・ウィン」という名前が書かれていた。そのときは、ミャンマー人っぽい名前だなと思ったが、訊きそびれていた。

朴さんやレックちゃんと話をしていたとき、「マ・ラ・ウィンさんってミャンマー人なの？」と訊いてみた。

ところが、驚いたことに二人とも「マ・ラ・ウィン？ え、誰、それ？」と首をひねっている。

こんな小さな会社で、どうして誰も知らないのだ。しかも、マ・ラ・ウィンさんは正社員だと言っていた。

しばらくすると、当のマ・ラ・ウィンさんが外から戻ってきたので、「あの人だよ」と私は教えた。すると、朴さんとレックちゃんは「えー！」と驚いた。

「タカノさん、あれ、三島さんですよ」

私だって驚いた。謎の日本人・三島さんがマ・ラ・ウィンさんだったとは。

日本人と結婚し、相手の姓を名乗っているというわけでもないらしい。だいたい、日本人と結婚しても帰化するアジア人は稀《まれ》であるし、仕事上の名前を日本名にする人も滅多にいない。東南アジア系は、姓ではなく、日本でいう「下の名前」かニックネームを仕事でもプライベートでも使う。台湾人も、二、三十代の女性は「ニッキー」「ジャッキー」「モニカ」といった欧米風のニックネームで仕事も私生活も通している人が多い。

しかし、マ・ラ・ウィンさんが「三島さん」であるのに驚いていた私たちはまだ甘かった。

あるとき、「謝《しや》さんという人いますか?」と電話を受けた人が叫んでいるのを聞いた。この会社は出入りが多いので、社員はともかく、バイトのスタッフまでは誰も把握していない。だから、こんなのはごくふつうなのだが、思いがけず、三島さんが「はい、私です」と答えたので、一同驚いた。それまで、三島さんが「謝さん」だとは誰も知らなかった。

なんと、彼女は日本名、ミャンマー名のほかに、中国名までもっていた。会社の人間も知らないうちに。

どうして、名前を三つも使い分けているのか？「なんて怪しい人だろう」と私は思った。社長の劉さんに訊いても、「国籍はよく知らない」と言う。

社長が社員の国籍を知らないというのがどうかしている。

どうやら、ミャンマーから台湾を経て日本に渡ってきた人らしいということまではぼんやりとわかったが、生まれ育ったのがどこなのか、両親はなにじんなのかなど、詳しいプロフィールは一切謎につつまれている。

本人に訊いても、「まあ、いろいろあるんですよ」と曖昧《あいまい》な笑みでごまかされるばかりで、ほんとうに怪しい。

しかし、三島さんというかマ・ラ・ウィンさんというか謝さんは、何度も接しているうちに、エイジアンでも珍しいくらいマジメで、曲がったことが嫌いな人だということがわかった。

だいたい、エイジアンの人間は私も含めてよく言えばフレキシブル、悪く言えばいい加減である。屋台仕事なので、その場その場で、物事をなんとか片付ければよいと思っている。そういう習性がある。

ところが、三島さんはちがう。一度、劉さんがあまりに忙しくて、台湾ニュースの解説ができないことがあった。その場にいて、中国語がちゃんとでき、しかもニュース解説ができるほど能力がありそうなのは三島さんだけだった。そこで、彼女をつかまえてやってもらおうとしたのだが、途中で彼女は説明できない単語にぶつかって、止まってしまった。そして、「すいません。私にはできません」と頭を下げた。

私はけっこう驚いてしまった。台湾人や中国系の常として、わからない部分は勝手にすっ飛ばす。段落一つくらい平気で飛ばすこともある。劉さんなど、記事の辻褄《つじつま》が合わなければ、勝手にストーリーを作る。

いい加減だが、「できません。すいません」とは絶対に言わないし、ましてや頭なんか下げない。ほんとうにできなかったり、やりたくないときは、「××さんに頼んだほうがいいです」などとすっと逃げる。タイ人もそうだし、それが「アジア標準」だと思っていた。三島さんのような、ある意味、日本人的な人は初めてだ。

また、別の機会には、他の誰かをかばって、劉さんに抗議しているのを見たことがある。劉さんのやり方がお客に失礼だとか、社員に不公平だとか、発言するのも三島さんの役割だったらしい。

それから、三島さんは絶対に人の陰口を言わない。陰口でもない、他人の噂話《うわさばなし》も絶対にしない。給料の支払いが遅れているときも、劉さんに意見を言うが、他のスタッフのように、陰で文句を言わない。

「いいことでも悪いことでも、その人がいないところで、その人の話はしてはいけないんです」と私もたしなめられたことがある。

「三島さんはエイジアンの良心ですよ」朴さんは私に言っていた。

いや、まったく。

しかし、「この会社で実はいちばん賢いのは三島さん夫婦だと思いますよ」と朴さんが言ったとき、私はびっくりした。三島さんが賢いのはともかく、「夫婦」って何だ？

「え、タカノさん、知らなかったんですか？　ミンテインさんがご主人ですよ」と朴さんは笑った。

「ミンテインさん？　え、そうなの？」

ミンテインさんは前からいる社員だから私もよく知っているが、外回りの営業専門なので話をする機会がほとんどない。ビルマ語と中国語を話すから、中国系ミャンマー人だとはわかっていたが、三島さんの夫だったとは。

そう言えば、二人には共通点があった。

ミンテインさんも名前が三つあったのだ。名刺には「間宮健」と書いてあった。中国名は陳《ちん》さん。

名前を三つ使い分けるというのは、この夫婦の共通したビジネス戦略らしい。

あとで、三島さんに訊いたら、「日本人のお客さんには日本の名前、中国人には中国の名前、ミャンマー人にはミャンマーの名前を言えば、覚えやすいし、安心するんです。そういうものです」と答えた。

なるほど。たしかに一理ある。

おそらく、彼らは中国人（もしくは台湾人）、ミャンマー人、日本人のコミュニティを渡り歩くうちに、そんな知恵を身につけたのだろう。

しかし、私も、それから新しく入ってきたスタッフもみんな混乱した。名刺だって、名前のちがうものを三つ持っている。それに、どうして、妻は社内の通称が日本名で、夫は通称がミャンマー名なのだろう？　三島さんがどうして私にだけミャンマーの名刺をくれたのかも不明だ。わざと謎を深めて人をケムに巻いているとしか思えない。

名前を三つずつ持ち、出自も国籍も語らないなんてこれ以上ないほど怪しいのに、曲がったことが大嫌いな正直者という異常に風変わりな夫婦は、のちにエイジアンから独立し、レストランを始めた。

それもタイ・レストランだ。

ミャンマーか、中国か、台湾の料理店をやるならまだわかるが、どうしてタイ料理店なのか。もしかしたら、ほんとうはタイ人の血も混ざっているのか？

驚いた私に朴さんは言った。

「ちがいますよ。そういう問題じゃないんです。日本で今いちばん人気のあるアジア料理がタイ料理だからその店を開いたんですよ。だから、あの人たちは頭がいいって言ったでしょ」

なるほど。日本人だって、タイ料理や中国料理の店を経営している人は当たり前にいる。ミャンマー人はミャンマー料理店、台湾人は台湾料理店をやるというのは日本人の思い込みにすぎない。

しかし、実際には日本にいる圧倒的大多数の外国人も、自分がそれで育った料理——「母食」とでもいうのだろうか——で勝負しようとする。母語と同様に母食も個人の根源的アイデンティティであり、特に異国に暮らす人はつい、自分のアイデンティティを店に託してしまう。彼らもまた、日本人と同じ思い込みに縛られているわけだ。

だが、三島さん夫妻はちがった。レストラン業を自分たちのアイデンティティではなく、あくまで利益を得るためのビジネスと考えた。そして、単純に「腕のよいタイ人のコックを雇えばいい」という結論を出したのだった。

私も試しに食べに行ったが、味は現地のタイ料理でもなく、日本人向けにアレンジされたものでもなく、どこでも食べたことのない風変わりな味付けのタイ料理だったが、不思議と旨《うま》かった。そして、値段は良心的だった。

無国籍で曲がったことが嫌いな三島夫妻らしい店だ。

そして何よりも、ビジネスに徹する姿はさすがエイジアン出身者なのだった。

3・セバスチャン救済新聞

エイジアンにはどういう素姓なのかさっぱりわからない人がいる一方、素姓はよくわかっているがどうしてここにいるのかさっぱりわからないという人もいた。

校了日も迫った日のことである。

私がオフィスのドアを開けると、編集部の奥で、こちらに背を向けてパソコンのキーボードを打っている男が目に入った。金髪でしかも長髪だ。

最近は日本人だけでなくアジアのほかの国の人間も髪を染めるようになった。茶髪はまだしも金髪はいかがなものか。何色であろうとも、元の髪の色をわざわざちがう色に染めることはないじゃないか。なにより気に食わないのは、アジアの人間が無闇《むやみ》に欧米人に憧れることだ。

どうやら新入りらしいが、どこの国のバカだろう。そう思って顔を覗《のぞ》き込んだら、男がくるっと振り向いて、「ハーイ！」と言った。

「え？」

欧米人に憧れるアジア人じゃなくて、本物の欧米人じゃないか。

私は欧米人に突然遭遇した日本人がよくやるように、不自然な陽気さで「ハ、ハーイ！」とワンオクターブ高い声で返事をしてしまった。

しかし、落ち着いてよく見れば、どこかで見た顔である。年はまだ二十代半ばくらい、彫りは深く顔立ちそのものはキリッとしているが、どことなく気が弱そうな表情。

「ボクのこと、覚えてる？」彼は英語で訊《たず》ねた。

「あ、もしかして、……セバスチャン？」

「イエス」金髪の若者は礼儀正しくうなずいた。

「やっぱりセバスチャンか。でも、いったい全体どうして君がここにいるの？」私は頭が混乱しながら、たどたどしい英語で訊ねた。彼はちょっと恥ずかしげな口調で答えた。

「ボク、今度ここで英語の新聞を作ることになったんだ。『アジア・インフォ』っていうんだけど」

「はあ……」

混乱は増すばかりだ。英語の新聞を作るなんて話は聞いたことがない。しかも、それを担当しているのはセバスチャンときた。

セバスチャンはライターでも編集者でもない。売れないロックバンドのドラマーである。

エイジアンから新宿の職安通りのほうに入った路地裏に外国人が集うイギリス風のパブがある。劉さん行きつけの店で、会社の忘年会や歓送迎会もときどきここで行われるから私たちエイジアンのスタッフ行きつけの店ともなっている。

そこでよく演奏しているのが、セバスチャンが所属する在日イギリス人のロックバンドだった。彼らは演奏が終わると、他のお客に混じって酒を飲む。劉さんとは馴染《なじ》みなので、私たちのところにもやってくる。なかでもセバスチャンはユニークだった。といっても、ノリがいいとか飲みっぷりがすごいとかではない。

逆だ。欧米人のくせにすごくおとなしくてシャイなのだ。酒を飲んでも「NATOのユーゴ空爆には賛成しかねる」だとか、ライヴ直後のバンドマンとはとても思えないようなシリアスな話ばかりするうえ、あたかもそれが自分の責任であるかのようにため息をついたりする。

人柄は音楽にまでにじみ出ていて、「こんなに陰気でインパクトのないドラムは聴いたことがないですね」とロックファンの朴さんが感心していたくらいだ。

そんな影もうすく幸もうすそうな性格と、セバスチャンという古めかしい名前が妙にマッチしていたのだった。

そのセバスチャンがなぜエイジアンで新聞を作るのか。

口数の少ない彼は「劉さんに頼まれたから」としか語らないので、朴さんら、周りの人たちに訊いてみた。すると、やっぱり劉さんから何の説明も受けておらず、私たちはあれこれと憶測をした。その結果、「もしかしたら劉さんの彼氏なのかも……」という説が浮上した。

劉さんというのは不思議な人で、「ビジネスの相手をするなら日本人がベスト」と決めてかかっている。誰か知り合いが「取引先に騙《だま》された」とこぼしていたとき、「それ、台湾か欧米の会社じゃないの？　ダメよ、日本の会社じゃないと信用できない」などと話しているのを聞いたことがある（実際にはそれは日本の会社だったのだが）。

ところが個人的な好みでは欧米系がいいらしい。

「あの青とか緑の瞳《ひとみ》を見てると、中に吸い込まれそうになっちゃうのよねえ」と、聞いている私のほうが吸い込まれそうなくらい目を大きくしてしゃべっていたこともある。したがって、飲みに行ったり、スノーボードやサーフィンへ行くときには——劉さんはパワーが有り余っているので、めちゃくちゃ仕事するだけでなく、めちゃくちゃ遊ぶ——、エイジアンのスタッフ以外にもよく欧米人の友だちを連れて行く。

だが、美人社長であり、「イケイケ」のムードにもかかわらず、劉さんの浮いた噂というのは聞いたことがない。仲良しの友だちにはフランス人もイギリス人もいるが、彼氏ではないようだ。

エイジアンではよく、「誰が劉さんの本命なのか？」という話題になるが、「これ」という人は誰も浮上していない。劉さん本人も、ふだんはざっくばらんな性格なのに、この手の話になると「さあね、へへへ」と笑ってごまかす。ちょっと顔を赤らめ、無理に次の話題に移ろうとするところを見ると、「台湾時報」の打ち合わせでもそうであるように、ほんとうに男女の話題が苦手で、自身も「身持ちが固い」のではないかと思う。

そこでセバスチャンである。

劉さんは公私混同を得意とするし、セバスチャンともつき合いが長い。自分とは正反対なものを求める傾向も確認されている。

「彼こそが劉さんの彼氏か？」という説も持ち上がったが、劉さん本人が「ぜーんぜんちがうよ」と笑い飛ばしたので、一瞬で終わってしまった。

結局、いろんな人の話を総合すると、恋愛とは関係がないものの公私混同ではあるらしかった。

セバスチャンはすごくいい人だが、なにしろシャイで押しが弱い。そのせいかバンドも売れないし、仕事にも恵まれない。劉さんはそんな彼がかわいそうになった。そして、「ちょうど英語の新聞はまだやったことないし、彼にやらせてみるか」と思い、会社で雇うことにした——どうも、そういうことらしい。

例によって、劉さんの突発的な思いつきだが、私はけっこう感激した。

なぜなら、ついにエイジアンに英語の新聞が登場したからである。

エイジアンがいくら多民族・多国籍だといっても、「国際的」とはどうしても呼べない部分がある。それはシステムが屋台式だということだけではない。やはり、欧米系が参加しなければ国際的とは呼べないんじゃないか。

少なくとも、世界の共通語である英語やフランス語で新聞を出してこそ、真の「国際的新聞社」になり、顧問の私も「世界の頂点に立つ」ことができる。そう思っていたのだ。

しかも、編集担当であるセバスチャンからじきじきに、「君はすばらしいライターだと聞いている。ぜひ協力をお願いしたい」などと言われたものだから、「オーケー！テイキットイージー！」などとわけもわからず舞い上がってしまった。

何のことはない。欧米人に無闇に憧れるアジア人そのものである。

しかし、セバスチャンを救済したいという劉さんの同情も、「アジアから世界へ」という私の野望も初《しょ》っ端《ぱな》からつまずいた。

決定的な問題はセバスチャンが日本語がまったくできないということだった。

日本に住んでいる欧米人は日本語を話そうとする人のほうが圧倒的に少ない。セバスチャンもその例にもれず、日本にもう五年以上も住んでいるのに、「ありがと」くらいしか言えない。

そんなスタッフはエイジアンには他に誰もいない。みんな、当然のように日本語を話している。来日して間もない人も一生懸命に勉強している。

もし、日本語ができたら、「タイ・ニューズ」や「台湾時報」などに掲載されているおもしろい記事をいくらでも選んで載せることができるのだが、セバスチャンにはそれができない。他のスタッフが手伝おうにも、なにしろ言葉が通じないから手伝えない。エイジアンのスタッフには英語が堪能《たんのう》な人はほとんどいないのだ。

しかたないので、彼は売れないバンド仲間の日本人を二人連れてきた。彼らは英語が得意だというので、ニュース記事のほかに、私のエッセイを翻訳してもらった。出来栄えは意外にもなかなかよかったが、エッセイを一つ訳すだけで二人で一週間もかかったのは誤算だった。たしかにエイジアンはプロ集団というよりアマチュア的な屋台村だが、屋台なだけに速さが勝負なのだ。

なんとか「アジア・インフォ」はスタートしたが、売り上げも評判も記録的に悪かった。

「アジア・インフォ」はエイジアンの他の新聞とは似て非なるものだった。

とにかく、英語の新聞だというのがダメだった。

英語の新聞には「ジャパン・タイムズ」など、超一流の日刊紙がいくつもある。月刊でたった四ページでは中学生新聞そのままで、ライバル紙に太刀打《たちう》ちできるわけがない。しかも、今はインターネットの時代、グローバリズムの時代だ。アジアのどこの国についても、英語の情報があふれている。

もし、「アジア・インフォ」に対訳の日本語ページでもあれば話は少しちがったのだろうが、そんなものもない。

その点、「台湾時報」、「タイ・ニューズ」など、エイジアンの他紙は、多少レベルが低くても十分にやっていけた。それはライバル紙がほとんどないからだ。ネットで情報を集めようとしても、一般の日本人は中国語やタイ語が読めないし、だいたいふつうのパソコンでは検索する文字自体が入力できない。そして、多くの日本人はいまだに英語が不得意で、できれば日本語で情報を得たいと思っている。

エイジアンの新聞がいまだに価値を持っているのはそこにある。

つまり、エイジアンは「国際的じゃない」という理由でこれまで躍進してきたのだ。

国際性で勝負したらいかんのだ。

第一号で致命的欠陥が露呈されてしまい、気の毒なのはセバスチャンだった。

彼はエイジアン参加当初から実に居心地悪そうにしていた。ふつう、会社に欧米人がいれば彼らのほうが威張っている。いや、別に威張らなくても、彼らがぺらぺらと英語をしゃべるから、他の日本人が一生懸命に英語や気をつかう。自然と欧米人たちの態度はゆったりと大きくなる。外資系ならなおさらだ。

エイジアンもある意味では「外資系」であり、ときおり顔を出す私以外は全員外国人だが、あくまで共通語は日本語だ。英語はバンバンさん以外不得意である。

唯一英語を話すのは劉さんだが、彼女は編集の仕事など手伝わない。会社にいる時間も短い。

セバスチャンは人一倍シャイだから自分からは挨拶《あいさつ》もしない。会社に入ると、他の人となるべく目を合わさないよう、まっすぐパソコンに向かう。その肩身の狭そうな姿は痛々しいほどである。

他のスタッフは言葉が通じないながらも気をつかって、「はい」とポッキーとかコアラのマーチなんかをもっていった。セバスチャンは「サンキュー」とぼそぼそとつぶやき、じっとポッキーを見つめたりしていた。

昔、南アフリカがアパルトヘイト（人種隔離政策）をやっていたとき、日本人は「名誉白人」と呼ばれていたが、セバスチャンはさしずめ「名誉アジア人」である。ミソっ子だがなんとか仲間に入れてもらっているという具合だ。

「アジア・インフォ」はその壊滅的なスタート以来、社内では「セバスチャン救済新聞」と呼ばれるようになっていた。

セバスチャンはNATOのユーゴ空爆でさえ自分の責任のように感じるキマジメな男である。「アジア・インフォ」創刊号のダメージを一身に背負ってしまい、かといって今後も明るい未来が見えず、顔色がどんどん悪くなっていった。

エイジアン人たちも彼の人のよさは知っているから同情しきりだったが、なんせ互いに言葉が通じないから励ますこともできない。

二ヵ月後、私が社内でワープロを打っていると、セバスチャンが黙って入ってきた。ひょろっと背ばかり高い彼が背を丸めながら一人、散らかり放題の編集セクションを人やモノをよけながら、よろよろと歩いていくのを見た私は、思わず、同名の聖人を思い出した。

聖セバスチャンはキリスト教を密《ひそ》かに信奉していた罪を問われ、死刑の判決を受け弓矢を全身に浴びたが、致命傷に至らず矢が突き刺さったまま、もがき苦しんだことで有名である。

我らがセバスチャンに突き刺さっているのは悪意の矢ではなく、本来は彼の武器であるはずの「英語」であり「国際性」だった。

三ヵ月後、あまりの業績の悪さにこの人道的な新聞は廃刊となり、「世界の頂点に立つ」という私の的外れな野望も幕を閉じた。

4・武蔵丸バンバンさん

エイジアンのスタッフには、けっこう裕福な家の出身者が多かった。

その代表格が「インドネシアの武蔵丸」ことバンバンさんである。

バンバンさんはケイタイに電話しても連絡がとれないことが多く、いつも校了のギリギリになって会社へ現れる。そうやって私たちをハラハラさせるのだが、いっぽうで、何の用もないときにふらっと会社にやってきては長々とおしゃべりをしていく妙な人である。だが、その博識なことには驚かされ、いつもつい聞き入ってしまう。

インドネシアだけでなく、欧米の事情についても詳しいし、日本の政治や経済についても私よりよく知っているくらいだ。特に、「裏情報」にめっぽう強い。

「バンバンさん、どうしてそんなに世界のあちこちのことに詳しいの？」

ある日、私が訊ねると、バンバンさんは大げさに手を広げて、「だって、ボクのお父さんは昔、大臣やってたし、いちばん上のお兄さんは今財務省のナンバー2よ。世界中に兄弟や親戚もいるし、情報が自然と集まってくるの」と言うのでたまげてしまった。

以来、私は折に触れては、バンバンさんの話を聞いた。彼は話好きだし、その人生ものすごくスケールがでかくておもしろい。まるで大河ドラマのようだ。

彼の出身は、後にスマトラ沖地震で最も被害を受けたことで有名になる、アチェ州である。アチェ州のマジョリティは州と同名のアチェ人で、オランダが植民地支配のため攻め込んだとき、最後の最後まで抵抗した民族だという。

そういうプライドがある上に、このアチェという地域は、石油や天然ガスなどの資源が豊かなことで知られる。そのため、スハルト政権が崩壊し、国家の統制がゆるんだあとに、反政府独立運動が激化、今でもゲリラと戦闘が続いている。

バンバンさんは、このアチェ人の豪族の家に生まれ育った。現在では「財閥」ともいえる一家らしい。

バンバンさんはひょうきんで気さくな人柄なので、エイジアンの人気者だったが、彼もまた超エリートである。

イギリスの大学で医学の学位をとったあと、アメリカの大学で博士号を取得。その間、世界中を旅行し、なんとアメリカの著名な出版社で『世界辺境冒険旅行記』なる本を出版している。もちろん、自分で英語で書いている。辺境ライターを標榜《ひょうぼう》する私の大先輩なのだ。

その後、イギリスを中心にヨーロッパ各地で、「危険地域専門救急医師」を務めた。こんな仕事は日本にはないのでバンバンさんに聞いて初めて知ったが、向こうでは僻地《へきち》の工場で急病人が出たり、会社のCEO（最高経営責任者）なんかがリゾート地で具合が悪くなるとヘリコプターで医者を呼ぶ。もちろん、腕のいい医者を、だ。

そういう医者を派遣する会社にバンバンさんは勤務していた。イギリス領の北海油田の海底プラントまで、出動したことがあるという。

もちろん、危険が伴うので、給料はものすごく高い。日本円にして、月給ウン百万とか。

バンバンさんはもともと家が金持ちなので、こんなリスクを負って仕事をすることはなかった。実際、両親からは「早くやめて」と言われていたという。

しかし、バンバンさんは持ち前の冒険心と好奇心から、この仕事をしていたという。

これだけ聞けば、バンバンさんが英語に堪能であることが知れる。エイジアンでは貴重な人材だ。ところが、セバスチャンが孤立して苦しんでいたとき、バンバンさんは唯一彼と自由に話ができる能力をもちながら、なぜか彼をあからさまに無視していた。英語がわからないふりをしていたときすらあった。

「いったいどうしてだろう?」と不思議に思っていたのだが、それもあとで理由がわかった。バンバンさんは欧米人嫌いだった。いや、嫌いになったというべきか。

バンバンさんがイタリアで勤務していたときである。

休暇中に車でドライブをしていたら、途中で二人組の強盗に襲われた。相手はナイフをもっていた。ふつうならそこでおとなしく、金と車を差し出すのだが、バンバンさんは財閥の御曹司《おんぞうし》でも、ボンボンではなくてバンバンだ。根性がある。

車のダッシュボードに入っていたドライバーを取り出し、ナイフの男二人と戦って、手や肩を刺されてしまった。危険な状況だったが、格闘しているうちに、他の車が気づいて警察に通報、パトカーが現場に到着した。

血まみれのバンバンさんはホッとしたが、次の瞬間、唖然《あぜん》とした。なんと、バンバンさんが傷害の現行犯で逮捕されてしまったのだ。強盗二人組は白人のイタリア人で、バンバンさんは容姿が武蔵丸である。

明らかなアジア人差別だった。

「ボクはこれで欧米を捨てた」バンバンさんは言う。

それまでは、どこへ行っても、ジョークをかまして、学業も仕事も優秀、みんなに認められ、尊敬されていると思っていたが結局はこういうことなのか……。

傷心のバンバンさんが流れ着いたのが日本だった。他の兄弟四人はすべて日本に住んだ経験があり、バンバンさんだけが例外だったが、このイタリアでの傷害事件により、バンバンさんが他の誰よりも日本に長く暮らすことになった。

日本では学校に通ったことがないくせに、日本語はすごく上手だ。

「バンバンさん、彼女いるの？」と訊いたら、

「前はいたけど、もう別れた」と言う。

バンバンさんは、日本では都内の病院に非常勤で勤務している。日本では日本の医師

免許がないと医療行為ができない。そこで、バンバンさんは、外国人専門の医師を務めている。外国人相手なら、問題がないという。

外国人で金をもっている人は、言葉のよく通じない日本の医者より、バンバンさんの治療を受けたがる人が多い。

特に、インドネシア、マレーシア、シンガポール、そして同じイスラム圏であるアラブ諸国の大使館員が「お得意さん」だという。

で、話は戻るが、前の彼女はその病院の同じ科の女医さん。

「じゃあ、別れた今でも、病院で顔を合わせるでしょ？　それって辛《つら》くない？」と訊いたら、「辛いっていうより、キツイって感じ？」と、バンバンさんは語尾をあげて言ったものだ。

日曜日の昼間、私が高田馬場付近の区民プールに行ったとき、自転車に乗ったバンバンさんとばったり出くわした。

「暇だから、自転車でぐるぐる回っていた」とニコニコして言う。

私は呆《あき》れてしまった。

なぜなら、彼が毎日すさまじく多忙な生活を送っており、「睡眠時間は平均四時間」と聞いていたからだ。

「すごいバイタリティだねえ……」仕事時間が平均四時間未満の私が心底驚くと、「ボク、家でじっとしていられない性格なの」と彼は軽く答えた。

彼は本業である医者のほか、インドネシアの兄弟たちがやっている会社の商品を日本の有名デパートに卸すという仕事もしていた。

兄さんの代理でもやっているのか、日本の有力な政治家ともしょっちゅう会っているらしい。

また、ボランティアでインドネシア語を教えたり、商社や大手電機メーカー相手にインドネシアビジネスの相談もやっていた。エイジアンの仕事は一銭ももらわない純粋なボランティアだ。だから、記事が少々お粗末であっても、劉さんは文句を言わない。

会社でたまに一緒にしゃべっているときも、ケイタイがひっきりなしに鳴り、ほんとうに忙しそうだ。

ところが、バンバンさんがじっとしていられないのは、バイタリティだけではないとあとでわかった。

バンバンさんは大久保の繁華街ど真ん中のマンションに住んでいる。昼夜の区別なく、日本語やら外国語で誰かがわめいているような場所だ。

バンバンさん自身が陽気で賑《にぎ》やかな人だからそういう場所が好きなのかと思ったら、ちがった。

「ボクは、イタリアの事件以来、静かなところが怖くてしかたない。誰か、いつも人の声がたくさん聞こえるところじゃないと眠れない。一人で部屋にいるのも、ほんとは怖い……」

完全なトラウマである。静けさもダメだし、パトカーのサイレンも、事件の記憶を呼び覚まして嫌だという。大久保は賑やかではあるが、夜になればパトカーのサイレンがひっきりなしに鳴っている場所でもある。

「大久保に住んだのも、ちょっと失敗だった」とバンバンさん。

そんなこともあって、彼は極力、どこかに出かけて、誰かに会って、仕事をしているのだった。

ある校了日、バンバンさんがいつにも増してギリギリに現れた。

どうしたの？　と訊いたら、「警察に呼び出された」という。それも一般の警察じゃなくて、「公安」だという。

当時、アチェの民族紛争が日本のマスコミでもニュースとなっていた。そして、バンバンさんはアチェの豪族のメンバーだ。

バンバンさんの一族自体は、スハルト政権に参加し、莫大《ばくだい》な富を得たのだから、アチェ独立なんてまったく興味がない。自分はあくまでインドネシア人だと思っている。

「もし、アチェが独立しても、ボクはインドネシアのパスポートで故郷に帰る」と宣言しているくらいだ。

しかし、日本の公安はそんなことまで知らない。どこからか、「アチェ人の有力者が東京にいる」という情報を得て「もしや、そいつが黒幕で日本で組織作りなどしていたら……」と勘ぐり、バンバンさんに事情を事細かに訊いたのだという。

「だから、ボクは知らない。関係ない。だいたい、日本でアチェの独立運動なんて誰もやってないし」

さんざんバンバンさんが説明したが、五時間にもわたって尋問を受けた。

私はバンバンさんに冗談で、「ねえ、警察でカツ丼《どん》、出なかった？」と訊いたら、彼は不審そうな顔をした。「おにぎりが出ただけ。どうして、カツ丼なの？」という。

そこで、日本の警察では、取調べの際、カツ丼を食わせて、犯人を落とすんだと教えた。すると、バンバンさんはいつになく、大マジメな顔で言った。

「カツ丼出ても、ボク、食べないよ」

「どうして？」

「だって、ムスリムだから」

私たちはみんな、腹をかかえて爆笑した。

そして、意味はよくわからないが、「バンバンさんはやっぱりバンバンさんだね」と納得しあったのだった。

5・タイ人エリートの貧乏ごっこ

「せんせい、これ、なんという字？」

プイちゃんが指したのは「金融緩和」だった。

「もうこんな難しい漢字を覚えてるの？」私は驚いて言った。

「だって、教科書に出てくるから」そう言って、彼女が見せたのは『国際経済論』と題した専門書。その至るところに、鉛筆で漢字にカナがふられていた。

「すごいなあ……」私は圧倒されてしまった。

プイちゃんはまだ日本に来てから一年ちょっとしか経っていない。「です・ます」がまだよく使えないが、日常会話に不自由ないどころか、日本人でもすでに理解困難な領域に突入しようとしている。

——ほんとにエイジアンの子はみんな優秀だな。

私はあらためてそう思った。

プイちゃんは、結婚したレックちゃんを手伝う形で「タイ・ニューズ」の編集バイトに入った留学生だ。

彼女は私がかつて日本語を教えていたチェンマイ大学出身だった。タイ人は学閥意識が強いので、たちまち彼女の周囲にはチェンマイ大学の先輩後輩たちが集まるようになった。レックちゃんとは一時期、一緒に編集をやっていたが、すぐに別れ、レックちゃんとはまったくちがうグループを形成するようになった。レックちゃんが別の大学出身者だからだと思うが、それはもう見事なくらいである。

もっとも私も「元チェンマイ大学関係者」で、しかも「元先生」だから、ひじょうに居心地はよかった。プイちゃんなど今でも私のことを「せんせい」と呼んでくれる。

それはさておき、プイちゃんだが、いろいろな意味で実にタイ人らしい子である。

顔はわりとぽっちゃりしているが、脚も腰もいつポッキリ折れるかと心配になるほど細い。とはいうものの、胸もお尻も薄いので腰にくびれがない。棒のようだ。日本ではまずお目にかかれないが、タイではよく見る体型である。

おっとりしていて、勉強も仕事もやる気があるようには見えないが、ひたすらマイペースで自分のために努力している。その証拠に、今もエイジアンでバイト中にちゃっかり学校の勉強をしている。これも日本人には少なく、タイ人には多いタイプだ。

しかし、「タイ人に多いタイプ」はここまでだ。家柄は一般からほど遠い。「お父さんはエッセイスト」と本人から聞いたことがある。

日本でエッセイストなんて珍しくもなんともないが、活字媒体の数がひじょうに限られたタイである。たぶん、日本で言うなら、昔の「随筆家」に相当するのではないか。もちろん相当な上流階級の人しかなれないだろう。

「プイちゃんちって、タイのお金持ちベスト１００に入るんじゃない？」と冗談で訊いてみた。すると、彼女は笑って、「そんなわけないよ」と答えた。

「じゃあ、ベスト２００くらい？」と訊いたら、「うーん、どうかな……」と考え込んでいた。

考え込まないでほしい。

プイちゃんは、某有名大学の大学院で国際紛争論を学んでいる。日本語と英語で論文を書き、ディスカッションをやっている。それだけではない。博士号をとったら、国に帰って、タイのＰＫＯ（国連平和維持活動）参加を考える軍事研究所を設立したいとも言っていた。

研究所に入るんじゃなくて、「立ち上げる」のである。夢じゃなくて「希望」なのである。私は呆れてしまった。ほんとうにエリート中のエリートなのだ。

彼女は日本のタイ大使館関係者も日本でビジネスに成功しているタイ人もほとんど知っている。タイの首相が来日した際、大使館主催の歓迎パーティで、首相とツーショットの写真を撮って、私に見せてくれた。

なんというか、タイは——他のアジア諸国もそうだが——日本とは比較にならない階級社会で、ピラミッドの頂点付近にいるとみんな知り合いになってしまうらしい。

そうなのである。バンバンさんだけでなく、エイジアンには裕福な家の出身者が多い。

タイ人グループはもしかすると、その筆頭にくるかもしれない。


プイちゃんの「学生仲間」にもすごい人がいた。私は「タイ・ニューズ」の記事を書くため、しばしば彼女の紹介でそういう人を訪ねた。

ロンさんという人は、親がサンダル工場をもっていると説明した。私はてっきり町工場みたいなもんだろうと思ったが、あとでプイちゃんにその話をしたら、「ちょっとちがう」と言う。

「ロンさんのお父さんは、タイでいちばん大きなサンダルメーカーの会社をもってる」

タイは南国なのでサンダルの需要は日本の比ではない。さらにタイのサンダルは品質のよいことで知られ、近隣の中国や東南アジア諸国などにガンガン輸出され、隠れた「タイの名産品」でもある。

ロンさんの父親はその中でも最大手のサンダル会社グループのオーナーであり、言ってみれば、「サンダル財閥」とでもいうべき存在らしい。町工場と財閥では「ちょっとちがう」どころじゃない。

これまた、私が取材した留学生は、父親が海軍大将で、「王様のヨット友だち」だと言った。タイの国王は、日本の天皇はもちろん、イギリスのエリザベス女王すらはるかに凌《しの》ぐ国家の超カリスマにしてスーパースターだ。そんな人物の「友だち」だなんて、タイ人でない私ですら驚きで言葉を失ってしまった。

裕福という点では、さらに上をいく人もいた。

私は会う機会がなかったが、プイちゃんの友人でいちばんすごい人は、学生のくせに青山に一軒家をもっていた。「大学に近いから」というだけの理由でだ。両親は、タイ最大手のバンコク銀行の筆頭株主だという。

プイちゃんによれば、いつも「今月はお金がない。あと三十万円しかない」とこぼしているとか。

彼は途中で大学を移ったため、青山の家は売り飛ばし、新しい大学の門から徒歩五分圏内に新居を物色しているといっていた。それが何億しようが、キャッシュで買うのである。

しかし、バンコク銀行の御曹司は別だが、他のタイ人学生たちは、みんな、質素な生活をしている。

プイちゃんだって、練馬区にある木造のボロい下宿屋みたいなところに住んでいる。オシャレだけど、バーゲンで買ったものや古着をうまく着こなしているだけだ。

サンダル王の子のロンさんも、外国人留学生が集うアパートに住んでいて、自分の部屋はたった四畳半の和室だった。海軍大将の息子は、部屋こそ広めで、家具や電気製品、パソコンなどがぎっしりだったが、「ほとんど全部、拾ってきた」と得意気に言った。粗大ゴミ置き場から拾ってくるのだそうだ。

私は不思議でしょうがなかった。私の経験からすると、一般的にタイ人は質素な生活や倹約生活に美徳を感じない。というより、「ケチ」というものを人類の敵のごとく憎んでいる。上流階級から下層の庶民まで、そこだけは見事なくらい同じ精神だ。なのに、日本に住む超アッパーなタイ人の学生たちはなぜ、日本の普通の学生以上に質素なんだろうか。

その謎はある日、身近なところでフッと解けた。

エイジアンにプイちゃんの先輩にあたるチャムロンさんという男性がいた。バイトなのだが、学校に行っておらず、限りなく正社員に近いフルタイムで働いていた。

肌の色が浅黒いため、中国系ではなく、純粋なタイ人のように見える。いつも、ディスカウントショップで安売りしているような、つまり私と同じようなくたびれた服を着ている。髪の毛もぼさぼさだ。

性格はすごく気さくで、冗談好き。久しぶりに会うと、「あー、久しぶり！　タカノさん、元気？」と大げさに抱きしめたりする。

よく働きもする。国際電話プリペイドカードの営業が担当だが、全国を飛びまわり、いつも「あー、疲れた。もう、ダメ……」とため息をついている。

「営業で外を歩いてばっかりだから、色がどんどん黒くなるね」と笑いながら言う。実際にタイの田舎《いなか》の行商人みたいな顔つきになっている。

ときには、冗談ではなく、疲れがたまっているようにも見える。やせっぽちだし、学生でもなく、年も三十歳に近いのに彼女の一人もいない。「ボク、もう諦《あきら》めた。結婚ムリ」とよく言っている。

あるときなど、台湾と韓国まで営業で行ったり来たりしていた。向こうに出稼ぎに来ているタイ人にプリペイドカードを売りつけるという仕事だ。

彼は日本語だって四苦八苦しているのに、韓国語と中国語はまるっきりしゃべれない。知り合いもいないのに、たった一人で、町から町へと行商しているのだ。

私も他の国のスタッフも「チャムロンさん、人がいいから劉さんにこき使われてかわいそうに……」と同情していた。実際、彼は人の頼みを断るということを知らない。

ところが、ある日エイジアンに出入りしている日本人のベテランライターと一緒に夕飯を食べたときである。

その人が、「チャムロンさん、生活たいへんそうだから君の分はおごるよ」と言うと、プイちゃんがいたずらっぽい口調でさえぎった。

「チャムロンさん、貧乏のふりしてるだけ。家はお金持ち。チョー有名」

チャムロンさんはいつものように「いやあ、そんなこと、ない、ない」と顔をわざとらしくしかめて、首を振っていたが、プイちゃんは続けた。

「チャムロンさんのおじいさん、上院議長やってる」

プイちゃんはさすが政治学で修士課程にいるだけあって、「上院」なんていう難しい言葉をよく知ってる……って、感心している場合じゃなかった。

「上院議長!?」

日本でいえば参議院議長である。当然、政界の大御所が務めるポストだ。

このお人好《ひとよ》しの、働き者のチャムロンさんが、そんな政界の大権力者の孫とは……。日本とは比べものにならないほどに、タイでは政治家＝上流階級＝大金持ちがふつうである。

どうして、彼は日本でこんなに身を粉にして働いているのか。いや、台湾や韓国まで出かけ、行商まがいのことまでやって。

あとで、二人きりのとき、チャムロンさんにその辺のことを率直に訊いた。

すると、彼は、「日本の生活はたいへん。でも、楽しい。タイにいるより、楽しい」

と答えた。

「ボクが好きなこと、なんでもできる。友だちもたくさんいる。お父さん、お母さん、親戚もいない……」

あー、そうなのかと少し彼の立場がわかったような気がした。

彼の一族は有名だから、どこへ行っても、すぐにわかってしまう。タイでは、一つの一族につき、一つの苗字《みょうじ》である。だから、有名な家は苗字ですぐにわかる。例えば、時の首相はチュアン・リークパイ。もし、苗字がリークパイならそれは絶対に首相の一族なのである。日本では「森」とか「小泉」という人がいても、誰も「(元) 首相の一族か？」なんて思わないが、タイではそうはいかないのだ。

そんな人がそこら辺でバイトなんかできない。名もない企業で、一般人に混じって働くのも難しい。だいたい、親や家族が許さない。

何か仕事をするにしても、いちばん低い立場で、グループ企業の取締役くらいだろう。

タイ人たちの話を総合すると、そういうことらしい。

「それに、親が早く結婚しろとうるさい」とチャムロンさん。

結婚といっても、そのレベルになれば、当然家柄がつり合わなければいけない。

政略結婚もあるだろうし、結婚後、自分と奥さんの両方のグループ企業や政治活動にも参加しなければいけない。

とどのつまり、チャムロンさんにしても、プイちゃんやその友だちにしても、日本で束《つか》の間《ま》の「貧乏ごっこ」をしてるのだ。青春最後のモラトリアムといってもいい。日本にいれば、母国では絶対につき合わないような「庶民」の人たちと友だちになれる。「人並みの苦労」もできる。本国に帰れば豪邸暮らしに決まっているのだから、せめて日本にいる間くらいは「学生らしい」貧乏をやってみたい。国に戻れば、それなりの「地位」や「しかるべき相手との結婚」もしなければならない。なんだか「ローマの休日」アジア版みたいな話だ。

貧乏ごっこ、モラトリアム。

エイジアンの一つの特徴がそこに見えた。

エイジアン自体が「青春」なのである。

6・劉さんは人脈が嫌い

ほんとうにエイジアンには裕福な人が多い。

バンバンさん、それからタイ人の一部スタッフだけではない。ちょっとしか在籍しなかったが、中国人の宋《そう》さんという人もすごかった。

渋谷・神泉駅《しんせんえき》の真ん前のマンションに住んでいるというから「家が裕福なんだろう」と思っていたが、あとで聞けば、「お父さんが上海《シャンハイ》の携帯電話王だ」とのことだった。


そんな彼らがエイジアンで「青春」しているのはよい。理解できる。

しかし、理解できないのは社長の劉さんである。

彼女は、〝母国〟である「台湾」から大きく逸脱し、アジアに広く縄張りを広げようとする、いわば異端児である。

「日本と台湾だけじゃつまらない。アジアを点と線で結ぶ。そこに文化が生まれ、交流ができる。そして、それがビジネスになれば、言うことない」というのが劉さんの持論だ。しかし現実には文化・交流より、ビジネスが彼女の圧倒的最大の関心ごとである。

なのに。

彼女はエイジアン内部のコネクションを決して利用しようとしない。

エイジアンには各国の有力者の子女がわんさかいる。私が知ってるくらいだから、劉さんが知らないわけがない。

例えば、インドネシアの財閥の御曹司・バンバンさん、タイ王国上院議長の孫・チャムロンさん、上海の携帯電話王の娘・宋さんに話を持ちかけ、その家族や友だちを紹介してもらい、一緒にビジネスを展開するという方法がある。日本だけでなく、アジアも要はコネ社会だ。この三人だけでも、タイ、インドネシア、上海はＯＫである。人脈をフルに活用し、政界財界の上の人間に食い込んでいく。そして、金持ちがどんどん金持ちになる。日本人であり、ビジネスというものから、いちばん遠い場所にいる私でもそのくらいわかる。

ところが、なぜか劉さんはそういうことをしない。試してみようともしない。私や他のスタッフが水を向けても、「あー、そうね」とは言うが、耳を素通りしている。それが不思議でならない。

校了日の前日、一度、私は他の庶民系スタッフとそれについて、議論をした。他にやることは山ほどあるのだが、締切りが迫れば迫るほど、関係ない話で盛り上がるのはどこの国も一緒だ。

「劉さんは、結局、人に頼るのが嫌いなんですよ」朴さんが言った。

「そう。だいたい、あの人、絶対に人に頭下げないもん」ミャンマー人のマウンさんも言う。

「そうかな……」私は首をひねった。劉さんの苦労話には、メチャクチャな営業をかけて、「すみません、お願いします」と言ったという逸話がたくさん出てくる。

でも、よくよく考えれば、劉さんは誰かよく知らない他人には頭を下げるが、コネを頼って、力のある人に頭を下げたという話は聞いたことがない。だいたい、劉さんは新聞社を長くやっているのに、有力者とのパイプを全然持っていない。

「中国人には珍しいタイプですね」とプイちゃんの大学の先輩ながら庶民系タイ人のチューンさんも言った(劉さんは「私は台湾人で、中国人じゃない」というが、他の人はみんな中国系を「中国人」とストレートに呼んでいる)。

台湾人のスタッフ連中でさえ「劉さんはどうかしてる」とさんざん言っているし、私も劉さんがときに「わざと損する方向に動いている」と思うのだが、この場合はなんとなく劉さんのポリシーというか生き方がわかるような気がした。

人の力を借りたら、どうしてもその人の言うことをきかなければいけない。人にものを頼むのはその人の下に身を屈《かが》めるということだ。考えただけで息苦しいではないか。私ですらそう思うのだから、人の風下に立ちたくないがために自分の会社を立ち上げた劉さんに我慢できるはずがない。

「子犬の恩返し」はしても「人の飼い犬」にはならないのが劉さんである。

「まあ、劉さんが社員やバイトのコネを頼りだしたらおしまいってことですね」朴さんが話をまとめた。

そのとおり。彼女がコネに無関心だからこそ、エイジアンの若者たちは安心して青春を満喫できるのである。

第四章　新聞屋台の「こだわり」と「無節操」

1.「台湾時報」のウルトラ・リニューアル

エイジアンの新聞は基本的にリニューアルというものをしない。

ロゴやデザインを変えるなんて面倒くさいし、中身にしても、もともと想定している読者層が特にないので、ふつうの雑誌や新聞のように「少し軟らかめにしよう」とか「今年は文化交流に重点を置こう」なんてこともない。

ただ、広告や中国語の記事の集まりぐあいによって、ページ数が増えたり減ったりする。私が参入して日本語ページが刷新された以外は、十年一日のように続いている。これからもそうやってずーっと同じ調子で続くんだろうなあと思っていた。

ところがエイジアン暦十年、西暦でいえば二〇〇〇年の春、私の予想は劉さんの歓声で覆された。「タカノさん、タカノさん、勝ったね、勝ったね！」

私がエイジアンに顔を見せるなり、劉さんがぴょんぴょん跳ねながら、走ってきた。

「え、何が?」

「何がじゃないでしょ! 陳水扁《ちんすいへん》が総統になったのよ!!」

あ、そうか。私はやっと思い出した。

三日前に台湾で総統選挙が行われ、「台湾独立」を掲げる野党・民進党の陳水扁が国民党の候補を破って、当選したのである。

ここ数ヵ月もの間、台湾ではものすごい選挙運動が繰り広げられている様子だった。与党と野党の候補二人が接戦を繰り広げていたうえ、その争点は「台湾は中国なのか、それとも別の国家として独立すべきなのか」という、究極の選択にあったからだ。

劉さんの入れ込みようもハンパではなかった。

仕事の合間をぬっては陳水扁の演説を聞きに台北へ行った。いつもは「宿題」として毛嫌いしている「台湾時報」のニュース記事も、私が「打ち合わせ」に行くと、翻訳・解説する記事を完璧《かんぺき》に用意していた。もちろん、「陳水扁、頑張れ!」という内容の記事ばかりである。

そして、ほんとうに陳水扁が当選してしまった。国民党の独裁政権が五十一年目にして終わりを告げたのである。

劉さんが狂喜するのも当然だ。

「ほんと、よかったね」そうは言ったものの、喜びを共有できるほどではなかった。まだ私は台湾に一度しか行ったことがないのだからしかたがない。

私の仕事が特に変わるということもないだろう。そう思っていた。

しかし、それもまた、間違いだった。

劉さんは今度はスキップしながら自分のデスクへ戻っていったが、ふと振り向いてこう叫んだ。

「タカノさん、これから、うちの新聞は政府がバックにつくよ。広告もたくさん入るよ！」

あ、そうか。私はまたしても、やっと気づいた。

陳水扁が総統になったということは、彼と民進党が政権を担うということだ。「台湾時報」は反体制派新聞から一転して、体制派新聞になるのだ。

リニューアルなどないと思っていたが、新聞にとってこれ以上のリニューアルはない。新聞の中身はそのままなのに周囲の情勢が変わったおかげで、結果的に立場が一八〇度変わってしまったのだ。

劉さんはこれまで台湾の経済文化代表処（大使館）から睨《にら》まれていたし、公式の場にも呼ばれず、「台湾時報」にも台湾の大手企業から広告が入らなかった。

ところが、今度は体制派新聞である。

しかも劉さんは新しい政府関係者に「よく、これまで『台湾』という名前を使って頑張った」と高く評価されたらしい。もっとも、内容に関しては何も言われなかったようだが。

以来、劉さんは経済文化代表処主催のパーティなど、公の場にも呼ばれるようになった。広告もずいぶん増えた。これを機に、エイジアンを裏切って「月刊台湾」を刊行したナンシーとも仲直りをしたようだ。ナンシーも営業的には中立派だったが、個人の信条としては「台湾独立派」だからである。

とはいうものの、「台湾時報」の中身が何か変わるわけでもない。変わったとしたら、今までは「国民党の腐敗と悪政」を批判する記事をときどき載せていたのが、最近では与党として責める立場から責められる立場になった陳水扁政権を懸命に弁護するようになったくらいだ。

政権交代後、私はある台湾独立運動家を取材する機会があった。かなり過激な運動をしている人だ。すると、その人は逆に「台湾時報」の記事を指して訊《き》いてきた。

「この記事を書いたのはあなたですか?」

「えーと、まあ、いちおうそうですが……」

煮え切らない返事をしたのは、もちろん台湾の雑誌記事をネタ元にしているという後ろめたさゆえにである。てっきり責められるものと体を小さくしたら、相手の反応は予想もしないものだった。

「えらい！　立派なもんだ」

「え、どこがです？」面食らった私はマヌケ顔で訊《たず》ねた。

「だって、あなた、こんな大胆な記事を書いている新聞はおたくだけだよ」

見れば、「台湾史上初めて国民が政権交代か否かを自ら選ぶ選挙は、台湾全国を興奮の渦に巻き込んだ」とか「陳水扁政権になり、今後、台湾と中国両国の関係はどのように変化していくのか」などといった、どこのメディアでも書かれているような記事である。

面食らった私を無視して、熱血の独立運動家はツバを飛ばしてまくしたてた。

「台湾国民、台湾全国、中台両国の関係……、いやあ、すばらしい。この勇気を他の新聞もぜひ見習ってほしいね！」

あ、そうか。私はそれこそすばらしい、い、い時間差で気づいた。

台湾は、世界の大部分から「国家」として認められていないのだ。国連も日本もアメリカも、そして当の台湾（中華民国）も「一つの中国」を公式見解としている。

台湾はあくまで「地域」なのだ。だから、台湾でもメディアでは「台湾全国」とは絶対に書かない。「台湾全土」か「台湾全島」と書く。「国民」ではなく、「住民」「人民」

「市民」などとお茶を濁す。「両国」もNG。台湾と中国では「両岸関係」（台湾海峡の両側という意味）と書くのがふつうである。

日本のメディアも同様で、一般的には「台湾全土」「台湾の住民」「中台関係」と書く。世界中の商業紙（誌）で、堂々と「台湾国民」「台湾全国」「両国の関係」と書いていたのは私一人だろう。無論、そんなことは今言われるまで全然気がつかなかった。エイジアン内部でも、誰も読んでないのか、何も言われたことがない。

今までもそういうふうに書いたことはあるはずだが、今回はなにしろ政権交代である。政治的な内容の記事が多く、注目度も高い。そういう言葉も連発しまくっている。だから、メチャクチャ目立ったらしい。

有名な台湾独立運動家に「すごく大胆」「すばらしく勇気がある」と太鼓判を押されてしまった。

私の無神経のおかげで、「台湾時報」は政権交代後も「いっそう過激な新聞」と目されてしまった。

これまた、本人たちのあずかり知らぬところで、リニューアルがなされていたのである。

2．流されて国際貿易

エイジアンは、アジア系の人々の集まりなので、会社に属している誰もが「いつか独立して自分のビジネスをしたい」と思っている。

それはもう、学生バイトから、パートの主婦から、男子社員まで、全員である。実際、すでに副業を始めている人も多い。

日本人は、ビジネスとか貿易というと、それだけでビビってしまう。

「マーケティングをして、取引先を見つけて、法律を調べて、帳簿をつけて、税関のことを調べて……」と、いろいろなことを考えてしまう。そして、「経験がない素人には、貿易の仕事なんか無理！」という結論に落ち着く。

その態度が、エイジアンの人々や知り合いのアジア系外国人には不思議でならないらしい。

「日本人はお金をもっているのに、どうして自分のビジネスをやらないのか？」と彼らは言う。特に、女性は、「日本の専業主婦がいちばん理解できない。時間もあってお金もある。どうして、家で何もしないでじっとしているのか？」と私に訊く。

「いや、専業主婦だって、子育てや家事で忙しいんだ」と、なぜか独身の私が弁護するはめになるのだが、「夫婦両方で子育てと家事と商売をすればいいでしょう」と簡単に言い負かされてしまう。

「経験がないから」という説明も通用しない。

「誰でも最初は経験がないでしょ？」と言われてしまうからだ。

実際に、彼らはまず、何か「これだ！」と思ったら、とりあえず、始める。その辺はエイジアンというか劉さんの「屋台式」と同じだ。

商売をやると決心し、それからその商売をやるのに必要な知識をどんどん仕入れる。わからないことは何でも人に訊く。

そんなわけで、会社でも社の仕事をしているふりをして、自分の仕事をしていたり、独立の準備をしている者が多い。

だいたい、ここでは誰が何の仕事をしているのか、よくわからないのだ。

最近はふつうの日本の会社でも、勤務中に私用のネットやメールをやってる人は多いと聞くが、エイジアンはその比ではない。

なにしろ、多言語である。台湾人、タイ人、インドネシア人、マレーシア人、ミャンマー人、韓国人がパソコンに向かっていても、画面に出ている文字がお互い読めないので、まじめに仕事をしているのか、まじめに副業に専念しているのか、それとも単にネットをだらだら眺めているだけなのか、他の人間にはまったくわからない。

電話も同様である。私は中国語とタイ語はなんとなく「これは明らかに友だちとの私用電話だな」くらいはわかる。まったく関係ない話を延々としていることも珍しくない。でも、他国の人にはわからない。

多言語会社ならではの現象といえる。

もっとも、それは必ずしも、「怠けている」とか「会社の仕事をしていない」ということにはならないようだ。タイ人のプイちゃんは、私用電話の頻度と長さでは群を抜いていると私は思うが、劉さんによれば、「プイちゃんは営業が強い」という。

「お客様は神様です」じゃないが、日本人はクライアントをとにかく立てる。間に一線を引いて、よほど親しくならないとその線を越えない。ところが、アジア系の人たちは、まず、友だちになろうとする。親しくなってから、商売の話になるのだ。

私もタイにいたから、ある程度わかるのだが、タイの人たちには明確な公私の区別がない。だから、そもそも、電話が私用か社用かなどと区別すること自体がひじょうに難しい。

それはともかく、年がら年中、そこにいる人たちが（バラバラなので、いつ誰がいるとは決まっていない）、「何かいいビジネスないかなあ？」などと話をしている。

このところ、私もライター稼業がさっぱりである。エイジアンの仕事でどうにかこうにか食いつないでいる状態だ。

ビジネスには人一倍疎い私ですら、だんだん彼らに感化されてきて、「オレも、いっちょ、輸出入でもやろうかな」なんて思うようになってきた。みんながそうなので、私のように常に流されて生きている人間までが周囲の雰囲気に流されて、国際貿易の道に踏み出したりするのである。

ある日、バンバンさんが来たので、何かそういう商売をやらないかともちかけてみた。インドネシアと日本の貿易である。バンバンさんはなにしろ名家の人だし、人脈もすごいだろう。バンバンさんとくっつけば、楽しておもしろくて儲《もう》けることができるのではないかと単純に思ったのだ。

バンバンさんにそう言うと、「あー、あるある」と思いがけず、向こうからすごいやる気で話に乗ってきた。で、こう言った。

「タカノさん、石油どう、石油」

「石油？　石油って何？」

「いや、だから、ペトロールよ。リファインされてないやつ。日本語で何だっけ？」

「もしかして……ゲンユのこと？」

「あ、それそれ。原油」

私は大笑いしてしまった。

「バンバンさん、もっと現実的な話をしようよ」そう言ったら、バンバンさんは全然笑っていない。

「いや、だから、これ、現実の話。ボクのところに石油ある。ボクじゃないけど、友だちのところね。タカノさん、それを買えばいいじゃない？」

そうだった。バンバンさんの実家は財閥である。天然資源が豊富なあまり独立紛争にまで発展している土地の有力者だった。

すごい。すごすぎである。

個人輸出入デビューがいきなり原油か。

しかし、原油なんてどうやって管理するのか。火気取締りの資格とかいるんじゃないか。その辺に置いておくわけにもいかないだろう。いや、それより、どうやって、インドネシアから持ってくるのか？　一斗缶を他の荷物と一緒に積むわけないよな。あ、一斗缶じゃ間に合わないか。ドラム缶？　いや、ガソリンや灯油じゃなくて原油だ。すると、タンカー？

………。

頭が茫々《ぼうぼう》としてきた。

やっぱり私は、臆病《おくびよう》な日本人であった。

「いや、やっぱ、それ、ぼくには無理みたい」と、その申し出を断ってしまった。あとになって、我ながらつまらない男だなあと嘆息した。会社員には向かないと自負しているのに、やっぱり一人でビジネスをやる度胸なんてない。

ところが。あとで聞いたら、他のアジア系スタッフもバンバンさんに同じ話をもちかけられていたが、みんな「原油?……」と考え込み、断ったという。

日本人とかアジア人とかいう問題じゃなくて、原油の個人輸入は誰でも気が重いのであり、私は少し安心したのだった。

3・絶対に酒を飲まない「あぶさん」

「今度、新しい人が入ったよ」劉さんがそう言ったのは、打ち合わせの終わったあとだった。

「営業ですっごく優秀なんだけどね、ちょっと変わってる」

劉さんはあくまで「自分はふつう」と思っているので、よく他人のことを「あの人は変わってる」と言う。もっとも、エイジアンの人は多かれ少なかれ変わってるし、だいたい何が基準かわからない場所なので、変わってるのかどうかも判断がつかない。だから、「ふーん」というくらいの感じだった。

このころはかつてエイジアンに感じていたおもしろさに感覚がどんどんマヒしていき、好奇心が後退していたせいでもある。

ただ、相槌《あいづち》を打つ程度に「なんていう人？」と訊いたら、劉さんが「あぶさん」と言うので、思わず噴き出してしまった。

水島新司の超・長寿野球マンガに『あぶさん』というのがある。「あぶさん」の愛称で親しまれる主人公がすごい打者なのだがえらい酒飲みで、酒をバットにぶわっと吹きかけて打席に入るというやつだ。もちろん、その愛称は酒のアブサンから来ている。

「その人、あれでしょ、酒に問題があるんでしょ？」

すると、劉さんはニヤニヤした。

「問題ってほどでもないけど、ちょっと面倒なことはあるよね」

間違いない。これはよっぽどの酒飲みだろう。劉さんは酒好きだから、一緒に飲んだくれているのかもしれない。

そのとき、大音響でディズニーランドのテーマ「イッツ・ア・スモール・ワールド」が流れてきた。デスクに置きっぱなしにしている劉さんのケイタイである。彼女は「キャー！」と自分のデスクに走っていってしまったので、「あぶさん」がどこの国の人か訊きそびれた。

まあ、なにじんだっていい。私も酒飲みだ。酒に国境はない。

ところが。

初めて「あぶさん」に会ったとき、私は自分が全面的に勘違いしていたことを知った。

「あぶさん」は酒を一滴も飲まない人だった。

インドネシア人で敬虔《けいけん》なムスリムだったのだ。

じゃあ、どうして「あぶさん」なのかというと、「アブドゥールさん」の略称だった。

正確には「アブさん」なのである。

アブさんはエイジアンにおいて、久々のカルチャーショックを私に与えた。

たたずまいからして、他のスタッフとはちがう。肌の色は漆黒《しっこく》に近いくらい黒く、しかし彫りの深い端整な顔立ちをしている。たいへんなシャレ者で、いつもグレーのスーツにピンクのシャツ、そして水色や黄色のネクタイ……というような派手でセンスのいい服を着こなしている。

ちょっと、東アジアと東南アジアでは見かけないタイプだ。

「ボク、お父さんがアラブ人なの。だから、ふつうのインドネシア人とはちょっとちがうね」

言われてみれば、ＵＡＥ（アラブ首長国連邦）やサウジアラビアなどのサッカー選手によく似ている。

彼はその出自がそうさせるらしいが、ほんとうに敬虔なムスリムだった。

今までもエイジアンにはムスリムは何人もいたが、なぜかほとんどが女性だったし、彼女たちは電話営業のバイトだったので私と接点がなかった。唯一親しくしていたムスリムは武蔵丸バンバンさんだが、彼はカツ丼こそ食べないが、ときにはビールくらい飲む。いたって世俗的なさばけたムスリムだった。

同じインドネシアのムスリムなので、劉さんは気楽に考え、いつものように居酒屋で歓迎会を開こうとしたら、本人に話を切り出した瞬間に断られたという。

劉さんは、「一緒に飲んでしゃべればわかりあえる」という、いたって日本人的、いや酒飲み的なスタイルでやっている人なので、これにはかなり面食らったようだ。

しかも、自分が酒を飲まないだけでなく、「酒を出す店に入るのも嫌だ」と言い張る。日本のレストランには、そんな店はほとんどない。

「これじゃ、歓迎会もできない」ということでお流れになった。

「問題ってほどでもないけど、ちょっと面倒」というのはそういうことらしい。

いっとき、私は気まぐれから彼にインドネシア語を習っていた。彼が退社してから、何度かファミリーレストランへ一緒に行った。夕飯を一緒に食べながら、インドネシア語を教えてもらおうと思っていたのだ。

厳密にはファミリーレストランのメニューにはビールがあるから、ちょっと心配だったが、幸いにもアブさんは気づいてないようでホッとした。

時刻はいつも夜の八時をまわっている。私は食事をおごろうとしたが、彼は「いや、ボク、食事はいい」といって、いつもパフェだけ頼む。

腹が減ってないのかと不思議に思っていたが、三回目にして、「ボクはハラルミートしか食べないの。ふつうの店の料理は食べられないの」と聞き、愕然《がくぜん》とした。

イスラムの教えでは、ムスリムが作法に則《のっと》って殺した動物の肉しか食べてはいけないらしい。だから、敬虔な信者は「ハラル」(アラビア語で「イスラム法において合法」の意味)と確認できた肉しか食べないんだそうだ。

じゃあ、肉を食べなきゃいいじゃないかと思うが、「どんな料理もダシに肉や骨が使われている可能性があって、怖くて頼めない」とのことである。

だから、絶対安全なデザートであるパフェを注文するのだ(ケーキ類もアルコールが入っている可能性があり危険だ)。

ちなみに、日頃の食事は「ムスリムの店でハラルフードを買い、全部自分でつくる」とのことだった。

仕事を終えて、一刻でも早く飯を食いたいところなのに、パフェではあまりに気の毒だ。私は彼にインドネシア語を習うのを断念した。

そんな彼のイスラムに対する信仰の篤さは驚くべきものがあった。

金曜日にモスクで行われる集団礼拝に必ず出席するのはもちろん、どこにいても一日五回のお祈りを欠かさない。

イスラム教では、夜明け、正午、午後、日没、そして夜半就寝前のお祈りが義務としてある。

ムスリムが多くいる国では、みんながやっていることだが、それを日本で実践することは難しい。大半の在日ムスリムは、「できる範囲でやればいい」と解釈し、実際そうしているが、アブさんは全部欠かさず行う。

パーテーションで仕切られた「会議室」（といってもテーブルが一脚あるだけ）に小さなカーペットを敷き、そこでメッカの方角に向かってひざまずく。来客があるときは、自分のデスクの脇《わき》でやっぱりカーペットを敷き、アッラーに祈りを捧《ささ》げる。

みんなが弁当を食っていても、電話が鳴り響いていても、劉さんがキャーキャーと横を駆け抜けていくのもお構いなしに床に這《は》いつくばっている。格好がオシャレなだけに、さらに異様な光景である。

「よく平気だね」と言ったら、「だって、ボク、神様のことしか考えてないもん」と平然としていた。

こんなに融通のきかない、いや敬虔なムスリムが日本で仕事ができるのか？

それができるのである。

「アブさん、すごいですよ。××のプリペイドカード売り上げで日本一になったんだって」

朴さんが国際電話大手の名前を挙げて言うのでたまげてしまった。

大手国際電話会社の営業マンなど、下請け孫請けまで入れれば、何千人といるだろう。日本一なんてそうそうなれるもんじゃない。いったいどうやって？

アブさんに訊いたら、薄い口ひげをちょっと指でこすって「アッラーのおかげさ」とにんまりした。

それはまんざらただの信仰心（アブさん、失礼！）でもない。

全国のムスリム・ネットワークを駆使してカードをさばきまくっているからだ。

「ボク、どこでも友だちがいるよ。平日は東京近辺のムスリムの友だちをまわるでしょ。金曜の夜から月曜の朝までは二泊三日で地方へ行くの。どこ行ってもモスクがあるし、ムスリムはいる。みんな、ボクのカードを買ってくれる。家にも泊めてくれるからホテル代もかからないしね」

平日は東京で、週末は地方で活動とはまるで国会議員のような生活だ。もっとも、政治の世界もいちばん手堅い組織票は宗教団体であるから、アブさんの方法は理に適《かな》っている。

ついでに想像するに、ムスリムの間をまわっていると、ハラルフードが食べられるので、自炊の手間が省け、一石二鳥なのではないかとも思う。

アブさんはイスラムの教えには忠実な人だが、融通のきかない人ではない。それどころか、冗談が好きで陽気な性格だった。会社にいるときはよくジョークを飛ばしている。

彼には「相方」がいた。

ミャンマー人のマウンさんだ。頭は五分刈りの金髪、右腕にタトゥーという、一見ちょっとヤバい風体なのだが、目がくりくりとして愛嬌《あいきょう》がある。昔、夏目雅子主演の「西遊記」というドラマがあったが、そこで堺正章が扮《ふん》した孫悟空を思い出させる。

彼がまたジョークをポンポン飛ばす。ミャンマーは多民族・多宗教の国家であるせいか、人との間合いをつかむ感覚が抜群だ。誰でも彼でもからかって笑うが、まったく嫌味がない。

アブさんは陽気で楽しいが、やっぱりあの迫力満点のお祈りの姿を見ると、宗教とは直接関係のないことでも、気軽に「あんた、アホだねえ」とか「アブさん、彼女まだできないの？」とはなかなか言えない。

それをケロッと言ってしまうのが、マウンさんである。

マウンさんはアブさんを「おい、アブ」と呼び捨てにする。私なんかは「アブ＋さん」でワンセットだと思っているから、失礼というより、変な感じがする。

で、そう呼ばれると、アブさんが「うるせえな、マウン」と言い返す。

こうして、アラブ系インドネシア人とミャンマー人の〝日本語どつき漫才〟が始まる。

「アブ、この前のテレビ見たよ。なんだよ、突っ立ってるだけじゃねえか」

アブさんは一瞬、「この野郎!」という顔をしたが、グッと言葉に詰まってしまった。すでにここで社内は爆笑の渦である。

何の話かというと、アブさんがタレントとしてデビューしたのだ。みんなに「ボク、今度テレビに出るんだ。みんな、見てよ」と触れ回っていた。

私など当日はビデオを撮ってくれと頼まれた。番組を聞けば、夜十時にやっている有名なバラエティ番組じゃないか。すごいじゃん、と思いつつ、番組を見たら、笑ってしまった。

何のコーナーか忘れたが、ある有名政治家未亡人の家を若手お笑いタレントが訪問する。未亡人が自分の宝石を見せびらかすのだが、その後ろにボーッと突っ立っているボディガード役がアブさんなのだった。

「セリフなんか、一言もなかったぞ。バカだな、おまえ」マウンさんがボロくそにけなす。

「うるせえな、マウン。撮影のときは、オレもけっこうしゃべってたんだよ。バカなディレクターがみんなカットしちゃったんだ」アブさんは本気で怒っている（ふりをする）。

「アブ、おまえ、タレントに向いてないよ。居酒屋でバイトでもしたら？　あ、アブはダメか……。使えない奴《やつ》だな」マウンさんがこっちがハラハラするくらい突っ込む。

アブさんは苦笑する。

「うるせえ！　マウン、おまえなんか、ただ〝出会い〟があるからって居酒屋でいつまでもバイトしてるだけじゃないか。しかも、出会いなんか全然ないし」

これにはマウンさんが絶句するが、気を取り直す（ふりをする）。

「今度はどんな役だ？　マフィアの下っ端か？」

「うるさい、おまえみたいにマヌケな顔してたら、マフィアの下っ端だってできないよ。だいたい、髪の毛がうすいのを金髪でごまかすの、やめろよ」

アブさんもムチャクチャ言っている。マウンさんは日本人からすると特別薄毛の部類ではないが、髪の毛ふさふさが多いミャンマー人としては薄いらしく、本人はいたく気にしている。金色に染めているのもそのせいだと、みんな噂《うわさ》していたが、口に出して言うのはアブさんだけだ。

思わず、マウンさん、頭をつるんとなで、照れ笑いを浮かべた。

アブさんもニヤニヤしている。

アブさんも、マウンさんも事あるごとに「あいつはムカツク」と言っていて、なんとかして相手を言い負かしてやろうと頑張る。その意味では「宿敵」なのだが、観客側からすれば「相方」である。

マウンさんは、この日は「負け」たが、ただでは引き下がらない。

「アブ、そろそろお祈りの時間じゃないか？」

アブさんはハッとして時計を見る。「あ、ほんとだ」

そして、いそいそと丸めたマイ・カーペットを抱えて「会議室」に入る。カーペットを敷き、お祈りが始まる。横のパーテーションは半透明なので、ぼんやりと彼の動きが見える。

そのとき、マウンさんが足音をしのばせて会議室に近づいた。

メッカは日本からは「西」の方角だ。で、会議室は東側の角にあるから、自然、アブさんはオフィスの内側へ向かってお祈りをすることになる。

マウンさんはそこへこっそり近づき、パーテーションの前に立ちはだかった。こちらのパーテーションは不透明なのでアブさんからは見えない。それをいいことにマウンさんはえらそうに腕を組み、足を開いて下を見下ろす。

横から見ると、アブさんが、えばりくさるマウンさんの足元に跪《ひざまず》いているように見えるのだ。

あまりにおかしいので、みんな、クックックッと忍び笑いをしている。でも、イスラムに関するギャグはアブさんにはひじょうに危険である。マウンさんも思い切ったことをするが、私たちも大笑いを必死でこらえる。

これはマウンさんの逆転勝ちかと思われたが、そうでもなかった。あとで、アブさんに、マウンさんの秘技（というか卑技）をついしゃべってしまったら、彼は顔色一つ変えず、ニヤッとした。

「そんなの、知ってるよ。でも、あのバカが何しても関係ないの。ボク、神様のことしか考えてないから」

やっぱり、アブさんは一筋縄ではいかないのだ。

4．朴さんの「転校」

残暑厳しい九月のことだった。

その晩、私はタイ人のプイちゃんとニュース原稿の作成をしていた。仕事が一段落しようとしていたとき、劉さんがいつものように「キャー！　たいへん、たいへん！」とバタバタと外から駆け込んできた。

「誰か黒人の人、知らない？」と声がする。また、始まったよ、と私は思った。なんだろう、黒人って。もう、わけがわかんない。

あまり関わり合いになりたくなかったので、私はつとめて聞こえないふりをしていた。しかし、とうとう「タカノさん！」とお声がかかってしまう。

劉さんが朴さんと一緒にやってきた。

「黒人の人、いない？」と例によって説明抜きだ。

「黒人って何？」

「ほら、色が黒い人よ」

「そんなのわかってる。どうして黒人を探してるのかって」

劉さんはまた安請け合いで変な仕事を受けてしまったらしい。なんでもどこかの博物館で人類をテーマにした展示を行う予定になっている。そこで、世界の三大人種、白人、黒人、黄色人種の三種類の人を実際に三人ずつ見つけ、その写真をとって、サンプルにするという。

いまどき、人間を三つの種に分けて展示するとは時代錯誤もいいところだ。だが、劉さんはその仕事をすでに引き受けてしまった。黄色人種は会社にたくさんいるからＯＫ。白人もセバスチャンと彼のバンドメンバーが引き受けてくれた。しかし、黒人だけは一人も発見されてないという。

アフリカ人もブラック・アメリカンもエイジアンとは縁がない。

しかも、今日中に見つけなければいけないという。タイムリミットは十時。あと、二時間しかない。

「そんなこと、急に言われたって無理だよ。今日これから原稿を書かないと間に合わないしさ」

私は素っ気無く突っぱねた。

毎度のことながら、劉さんの計画性のなさにはうんざりである。自分で播《ま》いた種なのだから、自分で始末をつけてほしい。子どもや犬と同じで、甘えられるとわかると、とことん甘えるのが劉さんの特技だ。

ところが、一緒にいる朴さんが頭を下げた。

「タカノさん、お願いします。手伝ってください。ほんとに困ってるんです」

あ、もしかして、引き受けてしまったのは朴さんか。

「しょうがないなあ……」と口では言いながら、私は急にキビキビした動作で立ち上がった。

朴さんのお手伝いなら話は別である。いくらでも甘えてほしい。

劉さんはあからさまにホッとした顔で、「じゃあ、タカノさん、よろしくねー！」と言ってまた外へ飛び跳ねて行ってしまった。

だが、困った。心当たりなどない。昔ならともかく、ここ数年はアジアのことばかりやっているので、アフリカ関係にはすっかり疎くなっている。アメリカ大陸のブラックには昔から今まで一人も知り合いがいない。

しばらく考え込んだあげく、私は以前、一度だけ行ったことのある渋谷のアフリカ料理の店を思い出した。たしか、あそこにはスーダン人だかセネガル人だかが働いていたはずだ。店の名前が思い出せないので、電話もできない。私は朴さんと一緒にその店へ急いで出かけた。

渋谷に着いたものの、店が見つからない。たった一度の記憶を頼りに朴さんと渋谷をぐるぐる回る。

朴さんは「渋谷なんか来たの、何年ぶりだろう」と言う。朴さんは極端な出不精で、大久保を中心に新宿と高田馬場より遠くへは行かないようにしているそうだ。姐御《あねご》かと思っていたら意外なほど怖がりの彼女だったが、そればかりか人見知りや街見知りもするようである。

そういう私も活動範囲はひじょうに狭く、アパートのある早稲田、エイジアンのある大久保、そして高田馬場が形作る「黄金の三角地帯」の外には極力出ないようにしている。渋谷なども二年に一度くらいしか来ない。

二人で一時間も夜の渋谷をぐるぐるとさまよっていた。

でたらめに歩き回っているうちに、偶然その店を発見した。

だが、店のオーナーシェフは日本人だった。ウェイターもアフリカ人はみんな辞めてしまい、今は日本人だけだという。なぜか、この日に限ってお客も日本人と欧米人ばかりである。

その代わり、たまたま私の知り合いのジャーナリストが来ていた。アフリカを専門に取材している人で、そもそもその人が私を最初にこの店に連れてきたのだった。

そこで「黒人のいそうなところ」について訊いてみた。

すると、「今時、そんな分類をする意味がない。おかしいよ」と諭されてしまった。

やっぱりなあと思い、朴さんと私は恥ずかしくて体を小さくしてしまった。が、それでもエイジアンが請け負ってしまった仕事である。それに何より、私は朴さんが小さくなって落ち込んでいる姿など見たくなかった。すべては朴さんのためである。

彼に私たちの状況を説明すると、「『ピガピガ』というダンシング・バーが恵比寿にある。そこはオーナーがコンゴ人だから、相談にのってくれるかもしれない」と教えてくれた。

コンゴ人か。よっしゃ！　と思った。コンゴ人なら口説けそうな気がした。私は二十代前半は毎年コンゴに通っていた人間である。

この時点で、もう夜の九時半になろうとしていた。

あと三十分！

私たちは店を飛び出し、夜の渋谷を走った。人ごみの中、朴さんとはぐれそうになるので、私は思わず彼女の手をつかんだ。「オレ、今どさくさに紛れてたいへんなことをしてるぞ！」と思ったが、心臓がドキドキしているのは、日頃の運動不足のせいか、夕イムリミットが迫っているせいか、朴さんが手をしっかり握り返してくるせいかわからなかった。

私たちは山手線に乗り、今度は夜の恵比寿を走った。

「ピガピガ」へ着いたときには、もう汗だくである。

残り五分というところで、やっとコンゴ人のオーナーや従業員に会うことができた。

当然ながら、彼らは迷惑そうな顔をしていたが、私はもっと汗だくになり、昔覚えた片言のリンガラ語を交えて訴えた。リンガラ語というのはコンゴの共通語である。

「ボニンガ、ボザリ・ナ・リカンボ・ミンギ。サリサ・ビノ（友だちよ、ぼくらはすごく困ってるんです。助けてください）」

その瞬間、彼らは「ア！」と奇声をあげ、口をぽっかり開けた。

「オロバカ・リンガラ（リンガラがしゃべれるのか）!?」

これが私の「秘技」だった。リンガラ語を話す外国人はめったにいない。コンゴでも私がしゃべると、みんな、このように奇声をあげて驚き、次の瞬間には大喜びしてあっという間に仲良くなってしまったものだ。

コンゴ人のオーナーも従業員も同じだった。しかも、異国のニッポンにいるだけに、その驚きと嬉《うれ》しさはひとしおであったようだ。

「わかった、わかった。私たちが手伝ってあげよう」オーナーは破顔一笑し、その場で自分の息子を含めた三人を撮影に行かせると約束してくれた。それをすぐに電話で劉さんに報告した。十時を数分まわっていたが間に合ったようだ。

私たちは、ホッとした。なんとか任務を遂行した。あまり意味がない、というか、考えてみれば、一銭にもならない任務である。

それでも、よかった。

「ほんとにありがとうございました。疲れたから、一杯やっていきましょう」と朴さんが言うので、そのまま、そのダンシング・バーで朴さんと二人で飲むことにした。原稿など明日書けばいい。

暗い照明にダンス・ミュージックが響く。夜の十時というのは踊るにはまだ早い時間らしく、お客は私たち二人しかいなかった。そこで朴さんと向かい合ってカクテルを飲んでいたら、何か起きそうな気もしたが、私たちは妙に硬くなってしまった。さきほど、勢いでとはいえ手をつないで走ってしまった。一線を一度越えかけたときの緊張感だ。ここが恋愛の分水嶺《ぶんすいれい》ともいえたが、それだけに異様なプレッシャーがのしかかってきた。

分水嶺を越えていいのか。越えていいとしても、越えられるのか。

さっきの渋谷よりもっと、私の頭は迷走していた。

不自然な沈黙を先に破ったのは朴さんだった。

「タカノさん、さっきしゃべっていた言葉、何ですか？」

コンゴの言葉だと答えると、朴さんはぽつんと言った。

「いいなあ。タカノさんは広い世界を知っていて。私も外国に行ってみたいな」

外国に行きたいも何も、ここがあなたにとって外国じゃないの、とつっこみたくなったが、そういう雰囲気ではないのでよした。

私たちは、黙って酒を飲むと、そのまま会社に戻っていった。

劉さんが「あー、よかった！　さすがだね、タカノさん！」と調子よくお世辞を言った。「その人たち、どうやって見つけたの？」

「いえ、まあ、いろいろと。ね？」朴さんは私のほうを見て、意味ありげに笑った。

今日は劉さんのあずかり知らぬところで、とんちんかんな冒険が繰り広げられていたのだ。それを知っているのは、私たちだけである。

「うん、そうだね」私も彼女を見て、共犯者の微笑《ほほえ》みを返した。

劉さんは一瞬、キョトンとしたが、「劉さん、電話でーす！」という声にキャー！と叫び声をあげて走って行ってしまった。私と朴さんはまた顔を見合わせてフフフと笑った。

これはいける！　私はそう確信した。あと一押しすれば、彼女はこちらに傾く。

そして、彼女がこちらに傾いたとすれば……。そう思っただけで、胸が息苦しくなってきた。このとき、私は初めて、「誰か彼女がほしい」とか「エイジアンの中で誰がいちばん魅力的か？」などといったバーチャルな次元でなく、生身で朴さんのことを思っている自分に気づいた。彼女がコリアンで、地雷原だなんてこともどうでもよかった。朴さんは私のことをどう思ってるのだろう？　今すぐにでも訊いてみたい。だが、何をどうしたらいいかわからない。

劉さんはホッとしたのか、「お先にィ〜」とさっさと帰ってしまった。

朴さんは私の前のデスクで、こちらに背を向けて残った仕事を片付けている。その後ろ姿はいつになく疲れているように見えた。

ちらちらと彼女の後ろ姿を見ながら原稿を書いていたが、ちっとも集中できない。原稿は一文字も進んでいなかった。私はあきらめてパソコンを閉じた。

静かに仕事を続ける朴さんの背中も何かこちらに訴えかけているように見えた。こらえきれず、私はやおら立ち上がった。

「朴さん……」

くるっと彼女が振り向いた。だが、目と目が合ったそのとき、私の口から出たのは自分でも思いがけない言葉だった。

「悪いけど先帰るね。今日はごちそうさま！」

すると、朴さんは「あー、もう帰っちゃうんだ……」と言いながら、フッと笑った。

「裏切り者ね。……でも、今日はほんとにありがとう」彼女はそう言うと、顔の横で手をひらひらと小さく振った。

外へ出たとき、不意に彼女の笑みがいつもとちがっていたことに私は気づいた。いつもより少し寂しそうで、なによりも白い歯がこぼれていた。朴さんが口を開けて微笑むなんて。エイジアンの窓の灯を眺めながらそれを思い出した。

私は何か大きな失策をやらかしたような気がしたが、その正体はつかめなかった。

「まあ、いいや。今後のことはゆっくり考えよう」と自分に言い聞かせた。

こうやって、結論を先延ばしにしていくのが私の命取りなのだが……。


「黒人探し」から一週間ほどして、またエイジアンへ行った。

劉さんから電話がかかってきて、「今後の新聞作りについて、朴さんと三人で話し合おう」という、ひじょうに前向きな提案を受けたのだ。

「雪でも降るんじゃないか」と薄気味悪く思ったくらい珍しいことだった。

しかし、会社に行ってみると、劉さんはいなかった。急な用事が入って、出かけてしまったという。

肩透かしをくらいぼんやりしていると、朴さんが「タカノさん、ちょっと外へ出ないですか」と声をかけてきた。

「ビールでも飲みましょう」

まだ、昼の三時であるが、こういう提案は大歓迎だ。私は嬉々《きき》として彼女と一緒に外へ出た。

いつものようにファミリーレストランへ行くのかと思いきや、細い路地を入っていく。この辺りはまだ下町風の面影を残していた。その一角に小さな神社があった。

朴さんは神社の入り口にある酒屋の自販機で缶ビールを二本、買った。私がお金を出そうとすると、「いいですよ。今日はおごります」と微笑んだ。

神社はこぢんまりとしながらも、ちゃんと階段を上って社にあがるようになっていた。私たちは社の土台となっている低い石垣に腰掛けた。ちょうどビルの並びが切れていて、池袋の街が遠くに見える。

「じゃあ、……なんだろう？　お疲れ様？」と笑いながら、朴さんと乾杯をして、ビールに口をつけた。

一気に三分の一くらい飲むと、大きくフーッと息をついた。

こんな平日の昼間から、女の子と二人きりで神社の境内でビールを飲むというのは不思議な気分だった。

「こんなところに神社があるなんて知らなかったよ」と私は言った。

すると、朴さんは、タバコに火をつけながら答えた。

「嫌なことがあったり、悩んだりするときは、ときどきここに来て一人で缶ビールを飲むんですよ」

「へえ、朴さんが？　意外だね」

朴さんは「どうして？」というように端整な眉《まゆ》を少しあげると、首を傾《かし》げた。

彼女は足をぴったりそろえて前に投げ出し、右手にタバコを、左手にビールの缶をもち、両膝《りょうひざ》の上に置いている。そんなふうにしている朴さんはとても無防備にみえた。

よくよく考えれば、韓国人にとって神社は「日帝時代」のシンボルだが、意外に朴さんは頓着《とんちゃく》していない様子だった。信仰の場という落ち着きがありながら宗教性が薄く、誰にでも開かれている神社のたたずまいは韓国人でも安らぎをおぼえるのだろうか。

ふと、訊いてみたくなったが、もちろん、そんなことを口走ったらまた彼女の逆鱗《げきりん》に触れるに決まっている。私は慌てて「今日は何の話し合いをするつもりだったのかな？」と別の方向、というより本来の方向に話を振った。

朴さんはまっすぐ前を向き黙ってタバコの煙を吐いた。そして、「実は今日の話し合いは私が言い出したことなんです」と言った。

「劉さんが来てから言おうと思ってたんだけど、私、エイジアンを辞めることにしました」

え？　辞める？　私はまじまじと彼女の横顔を見つめた。

「前からずっと、いつ辞めようかと思ってたんですけどね……」彼女は淡々と話した。

「辞めてどうするの？」

「どうしようかな……。まだ、考えてないけど。いずれは韓国に帰るつもりですけどね」

「どうして？」優秀な朴さんがエイジアンにずっと居続けるほうが不思議だし、韓国人が日本を離れて韓国へ帰るのはいたって自然なことだったが、私はそう訊かずにはいられなかった。

「まあ、もう片想いはいいってことかな」朴さんはまっすぐ前を見つめたままで答えた。

「片想い？」私はドキッとして訊きかえした。こ、これは告白か？　動悸《どうき》を抑えてもう一度訊いた。「誰に？」

「日本に、ですよ」彼女ははじめてこっちを向いて笑った。

音楽でも聴いているかのように首を静かに揺らしながら、彼女はゆっくりと話を続けた。

――韓国人はいつも日本のことが頭から離れない。それは日本に来ても同じ。今、アパートの部屋を二人の韓国人の女の子とシェアしている。別に仲がいいわけじゃないけど、休みの日なんかはいつも三人で日本の悪口を言っている。日本の悪口が言いたいというより、他に共通の話題がないからかもしれない。

「おかしいんですよね」と朴さんは独り言のように言う。

韓国では、日本のことをあれだけ嫌っているのに、政治でも経済でも文化でも、何かあるごとに、「日本はこうやっているのに、我が国はまだこんなことをしてる」などと言う。よく、日本人が欧米を引き合いに出すのと同じように、日本を引き合いに出すらしい。

それなのに、日本人は韓国のことをなんとも思っていない。それが悔しくてならないと朴さんは言った。まだ、「冬ソナ」もなく、韓流《ハンりゅう》ブームが来るなんて思いもよらなかった頃の話だ。

「私もそう。一人で日本に憧《あこが》れたり、怒ったりして、バカみたい。これって、片想いみたいでしょ？」

私は体を硬直させた。どっちの方角へ歩いても地雷が炸裂しそうだ。神社はちっとも心やすらぐ場所ではない。

「そ、そうなのかなあ……」私はへっぴり腰で曖昧《あいまい》な相槌を打った。

朴さんはそんな私をチラリと横目で見た。

しばらく沈黙が続き、朴さんが飲み干したビールの缶を両手でペコペコ潰《つぶ》しながら、再びポツリと言った。

「あーあ、日本に五年もいて、日本人の友だちが一人もできなかったなあ……」

ええ!?　私は彼女の言葉に胸を突かれた。

彼女が日本に複雑な感情を抱《いだ》いているのは間違いないにしても、友だちが一人もできなかったというのは別問題だろう。

だが、今から思えば、私は彼女が孤独を抱えていることにずっと前から気づいていた。というより、最初に彼女に惹《ひ》かれたのも、物質が真空に吸い寄せられるように、彼女の孤独さに引き寄せられたのかもしれない。でも、私は引き寄せられただけで、彼女に何もしてあげられなかった。

しかたなく、冗談めかして言った。

「えー、ぼくも友だちじゃないの？　ひどいねえ」

すると、朴さんは一瞬私の顔をまじまじと見つめると、うつむいて下唇を噛《か》んだ。

どうしたんだろうと声をかけようとしたとき、彼女は不意に顔を上げてフフフと目で笑った。

「じゃあ、タカノさんは友だちということにしときましょう」身もフタもない言い方は、いつもの「姐御」朴さんだった。

「そろそろ行きますか」朴さんに促され、私たちは立ち上がった。

好きだった女の子が他の学校に転校していく。いい歳《とし》をしてそんな中学生めいた感傷に捉《とら》えられた。しかし、転校なら諦《あきら》めもつくが、朴さんの場合はちがう。もし、私が一週間前のあの夜、一言でも言っていれば、彼女はもっと日本にいたかもしれない。

「好きだよ」という一言。

今となってはもう取り返しがつかない。それでも私は今、彼女に何か言わなければいけないと直感的に感じていた。

とまどいながらも、彼女のほうに手を差し伸ばした。しかし、もつれる舌が発したのはまたしてもこんな情けない言葉だった。

「あ、それ捨ててくるよ」

私はビールの空き缶を受け取ると、自分のと合わせてゴミ箱へ捨てに行こうとした。

朴さんが私にしてもらいたかったのは、こんなことじゃないはずなのだ。どうして、こんなことになるのだ。

そう思った瞬間、後ろから細くて白い腕が伸び、私は抱きしめられた。

あの「オンモヤ」の台風の夜のように、彼女の顔は私の背中に押しつけられていた。

私は呆然《ぼうぜん》と立ちすくんだ。「オンモヤ」の夜以上に私は混乱していた。

いや、そんなことはどうでもいい。振り返って彼女を抱きしめなければ。少なくとも、彼女の細い手を握ってあげなければ。

しかし、あいにく私の両手はビールの空き缶でふさがっていた。

私は頭が一瞬ショートした。

そして、我にかえったとき、朴さんはもう私から体を離していた。

何か言おうと口を開きかけると、彼女は先を制して言った。

「じゃ、帰りますか」

目だけでニコッと微笑むと、朴さんは踵《きびす》を返し、ピッと背筋を伸ばしてすたすたと歩いていった。

私は慌てて、彼女のあとを追いかけた。

もはや、すべては終わってしまった。

もう、地雷は踏みたくても踏めない。こんなに近くにいるのに。それが何より寂しかった。

第五章　エイジアンの憂鬱《ゆううつ》

1．編集会議再開談判

エイジアンが変だ――。

そう思うようになったのは、エイジアン暦十一年、編集顧問に就任してから四回目の秋を迎えたころである。

いや、初めから一貫して変だし、それがエイジアンの最高の魅力なのだが、最近の変さ加減は尋常ではない。

ものすごい勢いでビジネスを拡張しているのだ。前はビルのワンフロア分がオフィスだったのが、上の階が空いたのをいいことにそこも借り切ってしまった。

一度見に行ったら、上の階はほとんどわけのわからない機械類で埋まっていた。エンジニアらしき人々が忙しそうに動き回り、計器やコンピュータをいじくっている。

まるで映画で見る宇宙船の内部だ。

いったい、何をしているのか、誰に訊《き》いてもよくわからない。

「いよいよ、本物の宇宙人と貿易の話でもしようとしてるんじゃないか」と冗談で言う人もいたが、根っからのギャンブラー体質と夢見る姫体質が合体した劉さんである。冗談では済まない可能性もある。

実際には、この謎《なぞ》の宇宙船、国際電話を利用した在日外国人相手のビジネスを目論《もくろ》んだものらしい。

東京周辺の電話営業やクレーム処理を台湾、タイ、マレーシア、インドネシアなどで受ける。お客さんのほうは都内の会社と電話がつながっていると思うが実は海外に転送されている。台湾および東南アジアは人件費が安いから、東京でスタッフを雇うよりずっと安く上がる——というプロジェクトのようだった。

さらには、東京で暮らすアジア系外国人のための生活相談、ビジネス・コンサルタント、カウンセリングなどにまで発展させようとしていたという説もある。

唯一の問題は、国際電話の費用だが、それを一気に解消するため、彼女は思い切った手段に出た。

エイジアンの下にいきなり国際電話会社をつくってしまったのである。

自身が国際電話会社になれば、電話代を払わないで済むと思いついたらしい。かつて、

「出世の近道は自分が社長になることだ」と思いつき会社を設立したのと同じ発想である。

　さらに、「国際電話代を無料にする画期的な発明」なるものを思いついた。それを可能にするのが宇宙船じみた巨大な機械群らしい。

　すべては思いつきだけなのだが、一度思いついた劉さんはブレーキがきかない。新しいスタッフやエンジニアをいろいろな国から引っ張ってきた。誰が何をする人なのかわからない。なかには純粋な技術屋さんで日本語がまったく話せない人もいて、話しかけると逃げてしまう。

　しかも、経営形態は以前のままだ。部署もなければ意思統一の仕組みもない。劉さんは上の階に自分のデスクを持っていってしまい、「新発明」に夢中だ。なのに、誰かに仕事を任せるということをしない。全部、自分でやろうとする。

　そんなのムリに決まっている。

　かつてテーブルが四つか五つだった屋台が、今は二十以上に増えているようなものだ。屋台村というのは、あくまでそれが「村」であるからまわるのだ。それがビッグビジネスになれば手も目もまわらなくなる。「よくも悪くもいい加減」だったのが、ひたすら「悪い意味でいい加減」となってしまう。

　特にないがしろにされているのは、本業である新聞の編集部だ。新聞はそこそこの黒字を出す程度に安定している。しかも、もう始めてから十一年もの伝統を誇る。

地道に儲《もう》かって伝統的なもの、つまり、ふつうの人がいちばん喜び、劉さんの興味を最もそそらないものが新聞業務であった。

何よりも痛かったのは、姐御《あねご》にして学級委員長でもあった朴さんが「転校」してしまったことだ。核を失った編集部は誰が何をするのかもわからない、グチャグチャの混沌《カオス》と化していた。

私の「編集顧問」という肩書きも有名無実化していた。顧問の仕事を全うするにしても、誰に何を話したらいいかもわからない。

あー、朴さんがいたらな……。

彼女がいたら会社もこんなひどいことにはなってないだろう。問題が起きても、私たち二人で力を合わせて被害を食い止めることができたはずだ。そうなっていたら、さぞかし楽しかっただろうに。何度も何度もそう思った。

逃した魚は大きい。しかもその魚は時間とともに釣り師の心のなかでどんどん大きく成長する。

「はあ……」下手《へた》な釣り師はそんなとき、ため息をつくことしかできない。

それでも、「これはなんとかせねば」と私は決心した。

直接のきっかけは、「マレーシア・ワンダー」である。

校了日の夜、私は妙な記事を目にした。いや、記事ではなく、正確には日本の「歌」だった。

ちょうど十二月号で、編集担当である敬虔《けいけん》なクリスチャンにして「詩人の鄭さん」が「日本のクリスマスソングを歌いましょう」と題して、J-POPの歌の歌詞をいくつも掲載したのだ。

私はそれを見て「ん?」と思った。

いいのだろうか、こんなことをして。

その場で音楽ライターの友人に電話して訊いたら、仰天された。

「ヤバイですよ！　おたくは著作権の概念をあまりに知らなすぎる。勝手に歌の歌詞なんか載せたら著作権侵害で訴えられ、何百万、何千万という賠償金を取られますよ！」

「ひぇー！」私ものけぞった。

よくないどころじゃない。私は自分の無知を棚にあげ、「これもそれも、編集部がいい加減だからこんなことになるんだ！」と激しく憤った。

苦心の末、劉さんを捕まえて、直談判《じかだんぱん》をした。

劉さんは、珍しく神妙な顔をして、すわっていた。

私は劉さんに編集部の改善を強く迫った。

「まず、今の編集部には誰も統括する人がいない。誰かがなんとなくやっている。誰でもいいから、〝編集長〟という役職を作ろうよ。それで、編集長が新聞編集の管理をする」

創立からすでに十一年もたっている「新聞社」の社長に、「新聞には編集長が必要だ」なんて話して聞かせること自体がバカバカしいが、しかたない。

「各新聞にも、編集長とまではいかなくても、誰か一人はっきりと責任者を決めよう。紙に書いておこうよ。『今月はバンバンさんが見当たらないから、ちがう人に頼む』とか、そういうわけのわからないことはやめよう」

劉さんは「はい、そうですね」とおとなしく聞いている。

私は続ける。

「それからね、劉さん。前から言おう言おうと思ってたんだけど、編集者というのは、レイアウトをする人でも、紙面のデザイナーでもないんだよ。どういう新聞を作るか考え、企画を出し、取材のアポをとったり、ライターに原稿を依頼したりする人なんだ」

またしても、基本中の基本の説明である。

「だから、編集者はパソコンが使えれば誰でもいいわけじゃない」

これは劉さんが編集スタッフが足りなくなると、手近の営業バイトやコンピュータ・エンジニアを編集部に投入するのを指している。

「だいたい、ライターだって、誰でもいいわけじゃないよ」

劉さんは、その国の言葉を読み書きできれば、記事が書けると信じている節がある。

さらに、私は思い切って劉さんに言った。

「やっぱりさ、『編集会議』というものを月に一回はやろうよ」

私が編集顧問に就任したとき、最初で最後の編集会議を行ってからすでに三年近くが経過していた。今のエイジアンのスタッフは、入社もしくは参加したときから会社がそんな状態だから、ふつう、会社では会議というものがあるということさえ知らない。もしかしたら、他のアジア諸国の中小企業には会議なんてないのかもしれない。その辺は知らないし、知りたくもない。

とにかく、ここは日本だ。劉さんがどう言おうと、社員やスタッフが外国人であろうと、日本なのだ。日本語ページは読者も日本人である。なにより、広告を出すクライアントも、読者も外国人より日本人のほうがずっと多いのだ。

私はしゃべっているうちに、だんだんエキサイトしてきた。あまりにもしゃべっているレベルが低い。どうして、こんなことを言わねばならないのか。

勢い余って、「先月は十二月号だったのに、『タイ・ニューズ』では十一月号という表示だった」とか、「『台湾時報』の制作者紹介の部分が二年前と変わらない。陳さんなんて二年前に辞めたのにまだ名前が書いてある。ぼくの名前だって『高橋秀行』と間違ったまま、三年も経過している」とか、今に始まったことではない細かい話――他紙ではたいへんなミスだが、ここではミスのうちに入らない――まで持ち出してしまった。

なんだか、夫の非を責めたてる妻のような言い草である。

劉さんは「はい、はい、そうですね。わかりました」とうなずいている。

私は言いたい放題言って、多少すっきりした。提言を劉さんが全面的に受け入れたので、満足も覚えた。

そして、忘れていた。劉さんが神妙な態度を示しているときは、それは恭順の意を表しているのではなく、ただ嵐《あらし》が通り過ぎるのを待っているだけだということを。

結局、この直談判は何の効果もなく、何一つ改善されずに終わった。

頼まれもしないのに意見してやって、しかもそれが無視されている。私が一人相撲《ひとりずもう》をとっているようで、なおさら腹が立つ。

他のスタッフも、私のように、劉さんに直言する人はいない。別に他人（劉さん）の会社だから、どうでもいいのだろう。

頑張れば頑張るほど、周囲から浮き上がり、損をしている気がする。空回りしている。オレ、ここで何やってんだろう……と思った。

2．タイ人から大批判を浴びる

これまでエイジアンには感謝すべきことが多々あった。その最たるものが「タイ・ニューズ」のエッセイだ。

私がエイジアンと初めて遭遇したきっかけは、タイ人のレックちゃんからかかってきた「タイについてのエッセイを書いてくれませんか」という一本の電話だった。

「タイ人気質《かたぎ》」と名づけたそのエッセイは、タイ人の国民性や文化、気質をおせっかいにも論じていくというものだ。

話のネタはいくらでもあった。

大学卒業後、私はタイのチェンマイ大学で日本語講師を一年務めた。それは私の人生でも、最も楽しかった時期だ。飯はうまいし、人は穏やかにして大らか、なによりもかわいいタイの女子学生たちに（少なくとも表面的には）「せんせえ、せんせえ」と慕われていた。

大学を辞めたあとも、しばらくはアパートを借りっぱなしにして、毎年数ヵ月はタイで暮らしていた。東京からバンコクやチェンマイに着くと、「ただいま」と言いたくなるくらいだった。

「タイ人気質」連載の最初の頃は、その当時現地で体験したり見聞きしたことを書いていた。のちに、エイジアンの顧問となり、タイ人スタッフと一緒に仕事をし、「タイ・ニューズ」のために取材をするようになると、今度はそこで体験したことも書くようになった。

自分が「タイ・ニューズ」で仕事をすることによって、どんな驚きに出くわしたかというのを同じ「タイ・ニューズ」に書くわけで、一粒で二度おいしいというか、究極のリサイクルというか、私にとっていいことずくめだ。

それを三年ほど続け、分量もまとまったので文庫本一冊にまとめることができた。

まさに「エイジアン様々」なのである。

この本が出てまもなく、ガイさんという新しいタイ人スタッフがエイジアンに入ってきた。彼女は若いながらも、タイと日本の大学でジャーナリズムを学んでおり、タイの全国紙でも記者経験がある。彼女は偶然、本屋で私の本を見つけ、読んでいた。

「え、あの本を書いた人ですか？」ガイさんは私に初めて会ったとき、驚いて言った。

「日本で出ているタイの本はたいていタイの悪口です。今度も『どんな悪口が書いてあるのかな』と思って、読んでみたら、すごくおもしろかった。私は、タカノさんが書いてることはほとんどがほんとうのことだと思います」

それを聞いて感動してしまった。正直言って、私はタイには通算二年ほど住んだだけだ。こんなことを書く資格があるのかとか、間違ったことを平気で書いてるんじゃないのかなどと常々思っていたのだ。

「これはタイ人にも読んでほしいと思う。タイ語ページに翻訳を載せてもいいですか？」ガイさんは訊いた。

もちろん、ＯＫだ。外国人の書いた『タイ人気質』をタイ人が読めば、きっとおもしろい反応がかえってくるだろう。ガイさんに訊いても、他にそんな本はないという。日本には、外国人による「日本批判」「日本文化論」が死ぬほどあり、それが日本賛美であろうと、手厳しい批判であろうと（こちらが圧倒的に多いのだが）、受け入れられ、一つのジャンルをなすほど人気がある。

「自分を客観的に見たい」、あるいは「公平な立場でいたい」という強迫観念に近いものが日本人にはある。まことに寛容な国民だ。自虐的だという人もいる。だが、私の実感はちがう。

単に「他人からどう思われているか」が日本人にとって唯一最大の関心事なのだ。日本人の公平感覚や客観性はその上にしか派生しない。かくいう私が「自分ごときがタイ人の気質など論じていいものか」と不安に駆られるのも、他人の目、特にタイに詳しい日本人や対象であるタイ人自身の目を気にしているからに他ならない。

だからこそ、タイ人ジャーナリストのお墨付きを得て、私は感動しているわけだ。

タイにその手の本がなければ、私の本が先駆けになる。パイオニア精神だけは劉さんに負けず劣らず発達している私は、すごく喜んだ。読者の反応次第では、本国タイで翻訳・出版するのも夢ではない。それがタイでベストセラーになり、マスコミでも取り上げられ、オレはタイで一気に有名人……なんていう妄想まで膨らんだ。

しかし。結果は惨憺《さんたん》たるものだった。

タイ人読者からものすごい非難を浴びたのだ。「タイ・ニューズ」にかぎらず、エイジアンで出している新聞は一般読者からの反響なんてめったにない。なのに、私のエッセイについては、抗議の電話や手紙がどどっと来た。

ほとんどが「著者はタイ人をバカにしている。許せない」というものだ。

私のエッセイは、「タイ最高、タイ人最高！」という観光宣伝の記事ではないから、ときには辛口で評論するし、ちょっと皮肉ってみたりもする。しかし、最終的には読者に笑ってもらい、「あー、やっぱりタイっていいな」と思えるように工夫している。私自身が心底そう思っているからだ。少なくとも、愛情をもって書いているつもりだった。

それがこんなヒステリックな反応を引き起こすとは……。

ガイさんも強烈なショックを受けていた。

「電話や手紙の内容もひどい。すごく汚い言葉を使う人たちがいます。タカノさんには言えないです」

どうやら、「日本のクソ野郎！」みたいなことを言われているらしい。

私への攻撃だけではない。ガイさんも批判を浴びた。

「こんな悪い日本人のエッセイをどうして載せるんだ？　翻訳している人間はタイ人ではない。売国奴だ」なんてことも言われたらしい。

こういうとき、他のタイ人スタッフは何も言わない。何事もなかったかのように私に接している。彼らは、私をよく知っているから、私がタイをバッシングしているとは思ってない（と信じたい）。だが、私の味方につきたいとも思わないようだ。本心ではどう思っているかわからない。怖くて直接訊けなかったということもある。

自分の利害に関係ないことには首をつっこみたくないというのが、よくも悪くもタイ人の「気質」である。

今回ばかりはそれも恨めしかった。

結局、連載はたった三回で、それも私に通告なしで打ち切られた。ガイさんもエイジアンを離れてしまった。挨拶《あいさつ》も何もなかった。彼女も傷ついたのだろうからしかたないが、それもガッカリだった。

タイ人が私のエッセイに激怒したのは、冷静になるとよく理解できた。

まず、前に書いたように、彼らは自分に関係のない議論は嫌がる。他の国の人間を批判したりもしないかわりに、自分たちが批判の対象にされるのを嫌う。

それから、タイ人は日本人のように外国から批判されることに慣れていない。タイ人自身が「われわれタイ人はどうあるべきか」などという話をしない。だから、一人の日本人が言ったことを「悪口」としか受け止められなかったのだろう。

さらに、タイ人は「陰口」は大好きだが、「悪口」は嫌いだということを忘れていた。タイという国は、近代以降、他国に占領・支配された経験がまったくないという、世界でも珍しい国だ。

だから、面と向かって他人を非難したり、議論したりするのを好まない。いつも表面ではにこやかに、礼儀正しくしている。そのあり方は宮廷文化にも似ている。

陰口はあきれるくらいすごいが、それはタイ的には許されている。しかし、当人に向かって直接何か意見することは「無作法」になってしまうのだ。

このように私が非難された理由を分析してみたが、それはことごとく私が『タイ人気質』の中で説明していることだった。

頭ではわかっていたことだが、あらためて自分の身に降りかかってくると、ショックだった。

人一倍、他人の目を気にして生きている私としては、もうタイやタイ人とは関わりたくないような気持ちになった。

三年あまりも培った「タイ・ニューズ」への熱い思いも、今や干からびたワカメのように縮こまっていた。

3．いい加減もいい加減にしろ！

「それで、私は何すればいいですか？」

初対面の挨拶のあと、若いタイ人の女の子Pさんが最初に言ったセリフがこれだった。

「え、チャンタポーンさんから何も聞いてないんですか？」

私は前任者の名前を出した。

「いいえ、聞いてません」

「…………」

またか、と私はため息をついた。

この日は、「タイ・ニューズ」の打ち合わせに来ていた。

タイのオモシロ記事を中心とする「タイの街角から」というニューススページの作成だ。前にも書いたが、タイ人のスタッフがあらかじめネタになる記事を用意しておく。その中から私がおもしろい記事を選び、タイ人スタッフと共同で翻訳・解説をしていくのである。

ここ半年ほどは、チャンタポーンさんという留学生の女性と一緒にやっていたが、彼女がタイに帰国することになり、別の人が入ったのだ。

前任者のチャンタポーンさんにも、編集のプィちゃんにも、「新しい人に仕事の内容を教えて、ちゃんと準備するようにしておいて」と言っておいたのだが、やっぱり何も伝わっていなかった。

いつもこうなのだ。

このページは、「日本人がおもしろがりそうなニュース」を選ばなければいけないので、初めてのタイ人には難しい。そこで、前任者と編集部の誰かに引継ぎを頼むのだが、ちゃんとやってくれたことはこれまでの三年間で一度もない。

いちばん手っ取り早いのは、新任者にバックナンバーの記事を見せることだが、それもやってくれない。

おかげで、どんな記事が望ましいのか、新任者に一から説明しなければならない。よって、最初の一回か二回は「講習会」に当てられ、三回目からようやくマトモな打ち合わせに入るという按配《あんばい》だ。それをいったい何人に繰り返したことか。

いつもこうだ、とさっき書いたが、今回はいつもよりもっとひどい。仕事が何かもわからず、記事すら用意していないからだ。

私は我慢強く、Ｐさんに仕事の具体的な内容を説明し、今度から記事を準備してきてほしいと頼んだ。いつもよりスタートが遅いから、今回は三回くらい「講習会」に時間を割かなければならないだろう。

「よろしくお願いしますね」とＰさんに言って別れたあと、私はまた「はあ……」とため息をついた。

エイジアンの人間にはいろいろな特徴というか癖がある。担当の人が入れ替わっても絶対に引継ぎをしないというのもその一つだ。これはもう、「意地でもやりません！」という強い意志のようなものを感じるくらいだ。

前任者は自分がいなくなったあと、その仕事がどうなるかなど考えようともしない。そして、新任者は前にどういうふうに仕事をしていたのか知ろうとしない。前からいる周囲のスタッフも同様だ。訊かれないかぎり、新任者には何も教えない。新任者も何か言われないかぎり、他のスタッフに訊こうとはしない。

「教えてもらうんじゃない。先輩のやり方を盗むんだ！」という日本の職人みたいな感じもするが、それとは対極にある。

誰もがひたすら自分のことだけを考えていて、他の人に教えるとか、他の人から学ぶという習慣がないのだ。関心がないとも言える。毎回、新しい人が自分で新しく組み立てていき、その人が去ると、次の人がまた一から自分のスタイルを作っていく。

アバウトというか、自由というか、個性を尊重するというか、とにかく「自分のことは自分がやりゃあいいじゃん」という体質なのだ。

この「システムを作らない」というシステムは、新聞の編集部のみならず、エイジアン全体にくまなく行き渡っている。

例えば、私が年中悩まされているものに「源泉徴収」の問題がある。

一般の人はあまり知らないと思うが、作家やライターが原稿料をもらう場合、それが雑誌であっても単行本であっても、百万円以下なら一〇%が税金として引かれる。これを源泉徴収と言い、出版社や新聞社では、基本中の基本である。

ところが、エイジアンは新聞社なのに、誰もこの仕組みを知らない。

社長の劉さんからして、私が参入するまで、そんな税制があることを知らなかった。スーパーの社長が消費税を知らないくらいすごいことだ。

で、私が話して劉さんがわかったかというと、そうでもなかった。

「そういう難しいことは経理に話して」と言い捨て、ピューッと逃げてしまった。

源泉徴収がちゃんと行われないと、個人事業主である私は、年度末の確定申告のときにたいへん困る。そこで、経理の人を捕まえた。しかし、その人も源泉徴収を知らないから、税理士に教えてもらうように言った。

その結果、源泉徴収もされるようになり、年末には「支払調書」という源泉徴収の一年分の総決算も届くようになった。

ところが、翌年、経理の担当者が替わったら、やっぱり源泉徴収がされていない。されたとしても、八％とか一五％とか、わけのわからない額が引かれている。前の経理がちゃんと引継ぎをしないせいだ。社長の劉さんは頑《かたくな》に源泉徴収の理解を拒んでいるので、誰も教えられる人がいない。

しかたないので、私が説明し、それでも理解できない様子なので、「税理士さんに訊いてください」と同じことを繰り返す。

で、すぐに税理士に訊いてくれればまだありがたいのだが、なかなか訊こうとしない。税理士にまで「訊く」のがイヤなのか、税理士のほうが「もうこの会社とは関わりたくない」と逃げてしまうのか、その辺は不明である。

それだけではない。エイジアンは経理担当者が猫の目のようにコロコロ替わる。いちばん大変な仕事なので、すぐに辞めてしまいがちなのだ。あるいはそれまで編集や営業をやっていた人にどんどん「チェンジ」する。

もしかすると、それは数ある劉さんのエイジアン的な作戦の一つなんじゃないかと思うときもある。劉さんは他人に管理を任せないタイプの人間で、特にお金のことは自分でやりたがる。

経理が下手に熟練するのが嫌なのかもしれない。会社の状況を把握されるのも嫌だし、社員およびスタッフに説明するときも経理が不案内なほうが便利なときがある。

実際に経理担当の人は「私、新しく経理になったばかり。何も知りません」と誰にでも平気で言う。社内のみならず、支払先にも電話でよくそう言っている。

じゃあ、劉さんがすごく金に汚いのかというと、そんなことはない。この辺が不思議で、彼女はある種の親分肌（姫肌？）とでもいう気質があり、仁義は大切にする。給料や原稿料の遅配や、入金日がデタラメだったりはしても、一年をトータルで見ると、辻《つじ》褄《つま》が合っていて、金をごまかすようなことはない。企業の経営者としては相当クリーンだと思う。人に極力借りをつくりたくない、借りをつくっても絶対に返したいというプライドの高さ故かもしれない。

結局、「猫の目経理」の真意は、読み書きができればライターができ、パソコンが使えれば編集ができると思っているのと同様、算数ができれば経理が務まると思っているだけの話かもしれない。

そもそも、劉さんをはじめ、エイジアン人は「専門」や「プロ」をありがたがらない。というより、物事を分けるということをしない。

例えば、編集部のパソコンは異常なくらいよくトラブルに見舞われる。スタッフの話では「いちばんの原因はフォントの多さ」だという。

フォントとはパソコン内で使う文字の書体のことだ。

一つのパソコンにいろいろな言語のソフトを入れるとものすごく負荷がかかるらしい。しかし、ちゃんと解決策はある。パソコンは今や何台もあるのだ。

Aは中国語用、Bはタイ語用、Cはビルマ語用、Dはアルファベット使用言語（英語、インドネシア語）用……と使い分ければ、事態は改善されるはずなのである。だが、誰もそうしない。そして、同じパソコンにいろいろな新聞のデータを一緒くたに放り込んであるから、タイ新聞に台湾の記事が紛れ込むなんて事件が起きるのだ。

それに複数の言語のデータが分散して入っているため、どこに何があるのかわからなくなるし、新しいパソコンが購入しづらくなる。古いパソコンを使い続けるから、故障しやすくなり……と悪循環が続く。

もしかすると地球上で最も過酷な環境に置かれているパソコンたちかもしれない。そんな健気《けなげ》なパソコンが止まってしまったとき、スタッフが「こら、動け！」とバンバン手で叩《たた》いていたりするのを見ると、もう気の毒でしょうがない。

もちろん、パソコンがだ。

さまざまな方向に怒りがふつふつとこみ上げているうちに、今度は「タイ・ニューズ」の別の記事「ふるさとタイランド」の打ち合わせになった。

「ふるさとタイランド」とはタイの各県の出身者にその土地の名物や名所を語ってもらうシンプルな企画である。だが、実際の取材はちっともシンプルではない。

故郷《ふるさと》の話をしてほしいと頼んでいたタイ人が急にキャンセルになったとかで、代わりの人を用意したと、なにじんかわからない編集のスタッフから電話がかかってきた。朴さんが辞めて以来、いろいろな人が編集部に投入されて私もよく把握してないのだ。

「どこの県の人？」と訊いたら、答えがふるっていた。

「いいえ、カンボジア人です」

いい加減にしろよ！　と私はキレそうになった。どうして、タイの故郷話をカンボジア人がするのだ？　日本の故郷話を韓国人がするようなものだ。

でも文句を言ってもしょうがない。カンボジアと国境を接しているタイの県を探し、「ここなら国境を越えてときどき買出しや商売に行ってるかもしれない」といろいろ準備をする。

で、エイジアンに行ってみたら、現れたのはカンボジア人じゃなくてラオス人だった。ラオス人は民族的にはタイ人とほぼ同じで、ラオス語というのもタイの東北地方の方言と同一だ。文字も似ていて、ラオスの教養がある人はたいていタイ語も話せるし、書くのはどうかわからないが、読むくらいはできる。

しかし、それでも外国人であることに変わりはない。

そのラオス人も、どうも学生らしいが、誰かに紹介されて突然エイジアンに連れてこられたらしく、ボンヤリしている。そして、こう言う。

「私、何すればいいですか？」

まただ。誰も何も説明をしてない。意地でも用件は説明しないというポリシーがあるかのように、エイジアンの人は説明をしない。再びこみ上げる憤怒《ふんぬ》をグッとこらえた。

「『ふるさとタイランド』というページを作るんですよ」と説明すると、ラオス人は怪《け》訝《げん》な顔で答えた。

「私、タイに行ったことないです」

いい加減もいい加減にしろよ！　私はまたもやキレて、暴れだしそうになった。

誰か他の国のスタッフが、「代わりのタイ人が見つからない。ラオス人なら隣だし、だいじょうぶじゃないか」と適当に探して連れてきたのだろう。そして、別のスタッフがまちがえて「カンボジア人」と私に伝えたのだ。しかるに、彼はタイを全然知らない。

日本の故郷話をやむをえず韓国人に頼もうとしたら台湾人だった。しかもその台湾人は日本へ行ったこともない——それと同じような展開で、もうメチャクチャである。しょうがない。私は即興で「番外編」を作り、ラオスの故郷話をしてもらった。

——それにしても……。

一般の日本人でも、タイとラオスとカンボジアをごっちゃにすることはないだろう。

ましてやこの会社はアジア各国のスタッフが集結している日本屈指の専門店なのだ。

エイジアンで仕事をしていてつくづく思うのだが、東アジアおよび東南アジア各国の人々は母国と日本以外のアジア諸国について驚くほど関心が薄い。

地図を見てミャンマーとカンボジアの区別がつかない人などざらだ。隣人なのに。

たとえて言うなら、八王子の人間と千葉・柏《かしわ》の人間と神奈川・相模原《さがみはら》の人間が、みんな一緒に東京都内で仕事しているが、互いの住む町には何も関心がないのと同じだ。

彼らはみんな日本に興味があってここに集まっている。日本と、それから欧米のことはよく知っている。経済やサブカルチャーの面で自分らより上だと思う国にしか興味がないのだ。

こういうアジアに対するアジア人の無関心さや理解のなさにはついていけないものがある。

欧米人じゃないんだから、アジアを一緒くたにするなと言いたい。少しは好奇心をもってほしい。屋台村とはいえ、アジア新聞社の一員という意識はないのか。

まるでパソコンにどんな言語が入っていても無頓着《むとんちやく》なのと根が一緒のような気さえしてくる。

引継ぎしろ！　区別しろ！　整理しろ！　説明しろ！　責任を持て！　プロ意識を育《はぐく》め！　指揮系統をはっきりさせろ！

私は帰り道、大きなイチョウの街路樹へ向けて思わず吐き捨てた。

だが、しかし。

私はエイジアンに何を求めているのだろう？　私がエイジアンに改善を求める点を突き詰めていくと、それは私が毛嫌いしている「日本のふつうの会社」に限りなく近づいていく。

いったい、どういうことなんだ……。

イチョウは私をあざ笑うかのようにざわざわと夜風に枝葉を揺すっていた。

4・屋台サラリーマンに転落

「台湾時報」のニュース記事の打ち合わせで、劉さんが私を避けるやり方が露骨になってきた。

電話でアポを取ろうとしても、ケイタイでは絶対に出ない。私の番号を知ってるので、わざと出ないのだ。

それだけでもムカツクのに、会社に電話すると、居留守を使われる。

最初に電話を受け取るスタッフやバイトの子は「劉さんですか？　少々お待ちください」と言う。ときには、「劉さーん！」と呼ぶ声まで聞こえる。

なのに、しばらくすると、「あ、今、席をはずしてまして……」という返事がかえってくる。

前は私が学校の先生で彼女が宿題をやってこない生徒みたいな、ちょっと微笑《ほほえ》ましい感じもあったが、今では私は借金取り並みの扱いだ。

「ふざけんな！」と言いたくなる。

しょうがないから、他のスタッフに電話し、しばらく雑談などしてからさり気なく「劉さん、いる？」と訊く。

「あ、いるよ」と答えたら、すかさず代わってもらう。

こうすれば、逃げられない。

やっと捕まえ、「劉さん、どうして逃げるのよ？」と言うと、「逃げてない、逃げてない。タカノさん、元気そうね、へへへ」とはぐらかされる。

そこで、ようやくアポを取り付けるが、例によって、何も準備していない。ときには「ごっめーん！　今日はちょっと急な用事が入っちゃって……。明日、ダメかな？」とヘラヘラ笑いながら言う。

こんなことが続き、締切りまでに間に合わないことも増えた。私だって、そこまで嫌がられることはなるべくやりたくない。毎月三ページ分、記事を作らなければならないが、二ヵ月に一度、二ページ分の打ち合わせをする程度になった。つまり、打ち合わせで作る記事は毎月一ページ分だけで、あとの二ページは私が自分ででっちあげた。

昔はともかく、最近は、どんなにこちらが苦心しても、それが「よかった」とか「おもしろかった」とか言われたことがない。評価云々《うんぬん》以前に、きっと読んでないのだ。劉さんだけではない。誰も読んでない。

読まれなかろうと、ほめられなかろうと、淡々と新聞を出していくのがエイジアンのスタッフだ。わかっていたはずなのに、次第に不満を抑えられなくなってきた。

不貞腐《ふてくさ》れた私は思った。

「どうせ誰も読んでないんだから、思いっきり手を抜いてやれ」

で、台湾政府系の資料センターからメールで送られる「お知らせ」や「資料」を、てきとうに組み合わせて「インフォメーション」なるページを作った。

さすがに気がとがめた。ライターとして、自分にとってもよくないと思ったが、「ここでちゃんとした記事なんか書いたって無駄なんだ」と開き直ってしまった。

あとから思えば、なんとも情けない話である。誰も読んでないなら、自分の興味あることを好きなように書けばいいのに、興味のないことをてきとうに書くとは。

相手にレベルを合わせ、自分のレベルも下げるという最悪のパターンである。

そして、こともあろうに、その記事に劉さんが文句をつけた。

問題になったのは、「東京周辺にある台湾料理店」という特集記事だ。市や区ごとに台湾料理店の名前・住所・電話番号・ＨＰを網羅している。

これも資料センターの資料を思いっきり流用している。すごい手抜きだが、「新聞の読者には役に立つし、まあ、いいや」と思っていた。

最近ではネットを使う人は、みんなネットで台湾の記事や情報を見る。わざわざこんな新聞を読むのは、ネットに疎い年配者ばかりだ。そう自分に言い聞かせもした。

だが。

劉さんは直接言わずに、私とはあまり面識のない編集スタッフの口を通してこう言わせた。

「あまりにも手を抜きすぎだ」と。

これは衝撃だった。あまり記事を読まない劉さんが気づくほど目にあまる手抜きだったということは、編集部ではみんなが知っているということだ。私のメンツも立場もメチャクチャだ。その分、劉さんに激しい怒りを感じた。

「おもしろい記事を一生懸命書いたって読みもしないじゃないか。どうして、ダメな記事だけ読んでケチをつけるんだよ!?」

電話を切ったあと、私はあまりの屈辱にアパート中に聞こえるような声で駄々っ子めいた罵《のの》り文句を吐き散らし、それがさらなる自己嫌悪を呼んで、部屋の毛羽立った畳をかきむしった。

今までこんな指摘を受けたライターやスタッフはいない。日本人のライターはもともと手抜きをしないし、外国人スタッフはみんな、もっと微妙な力加減でやっている。エイジアンで劉さんに「いい加減」と言われたライターは私が史上初めてではないか。管理され評価されなければ原稿が書けないというのでは、管理社会の犬ライターと呼ばれてもしかたがない。

この件があってしばらくしてから、「インフォメーション」は「編集部」（誰のことを指しているのか不明だが）がじかに作ることになった。

彼らが何をしたかというと、台湾の政府観光局のHPをそのままコピーして載せることだった。私というライターをはずして、同じことをもっと徹底的にやったのだ。

たしかにこれならタダだ。ライターに原稿料を払う必要もない。著作権的にも問題がない。政府観光局は喜んでいる。編集（レイアウト）の必要さえない。「一石四鳥」だ。

「台湾時報」だけでなく、他の新聞でも、このやり方が広まっていった。

各政府観光局のHPが充実してきたという事情もあるが、腹立たしいほど安直な紙面作りだ。

こんなことでいいのか！　と言いたいが、自分で播《ま》いた種である。私が全面的に悪い。

「台湾時報」で私が担当しているのは、もはや、ニュース記事一ページと独自のインタビュー欄だけとなった。

それも半分くらいは自腹で台湾へ行き取材したものだが、不思議なことに、経費をもらわないで自腹を切ると「遊びに行ってる」と思われる。

劉さんをはじめ、エイジアンのスタッフたちにもそう思われていたし、他の編集者にもそう思われている。

考えてみれば、わざわざ元がとれない現地取材をする必要などないのだが、ついやってしまう。だから、「好きでやってるんでしょ？」と言われると否定できない。

それが台湾だけならまだしも、タイ、さらにはミャンマーまで同時に回ると、「自由に旅行できて羨《うらや》ましい」とまで言われる始末だ。全部、私がエイジアンでカバーしている範囲なのだが。

新聞屋台ならではの「何でもやる」というスタイルが完全に徒《あだ》となっている。

それを三年近くも続けてきたが、考えてみれば、他にもベトナムやトルコやイランなど、アジアでも行ったことがなくて行きたい国がたくさんあった。

同じ時間と金と労力をかけてそういう未知の国へ行っていれば、どれほど有益だったことだろう。それなのに、エイジアンに引っ張られて、タイ・台湾・ミャンマーを繰り返してしまった——などと未練たらしく考えたりもした。結局これも私の被害妄想で、要は自分の行きたいところへ行けばよかっただけの話だ。

一時期、バイトで編集をやっていた日本人のYさんだけがそれを察したかのように、こう言った。

「タカノさん、何かこの会社に、そのう……借りでもあるんですか？　どうして、そんなに尽くしてるんですか？」

すごく言いにくそうに言われ、私はハッとしてしまった。

そうだよな。毎年二週間も三週間も自費で取材に出かけ、その成果をエイジアン以外のところで原稿という形にしたことがない。

もちろん、私は劉さんにもエイジアンにも借りなどない。

なんとなく、自分の担当しているページを維持するためにやっているだけだ。

腹が立つのは、劉さんや会社に強制されているわけでもないのに、自分ですすんでそれをやってることだ。

私は売れっ子ライターではないから、原稿の依頼なんかあんまり来ない。

つまり、自分から売り込みに行かなければならず、それが面倒なのだ。エイジアンにしがみついていれば、現地取材に自腹を切ったページこそ大損だが、他のページで補える。

すべて、惰性である。楽なのである。

私の知り合いで昔、日雇い労働をやっていた人はこう言った。

「日雇いは三日やったらやめられない」

肉体的にはキツイが、その場で金が入るからだ。

新聞屋台も似たところがある。

原稿料は安くても、その月々にはちゃんと金が入る。難しい仕事を避けるようにもなる。もし「屋台のわりには旨《うま》い料理を出せばいい」と思っている料理人がいれば、その料理人は、一般のレストランで通用しなくなる。それどころか、いずれ屋台でも通用しなくなる。

私もまさに同じ道をたどろうとしていた。

それだけではない。手抜きをするいっぽう、自腹を切って成績を上げたつもりになり、沈没しつつある会社にしがみつこうとしている。これはまさしく、ニッポンの悲しきサラリーマンではないか。

エイジアンを改善しようという一人相撲に似た情熱も、裏を返せば、しょぼい会社にしがみついて自分の存在価値をあげようというさもしい根性が透けて見えてくる。

日本人とエイジアン人のダメな部分ばかりが合体し、私はさしずめ〝屋台サラリーマン〟という、世界でも稀《まれ》に見る情けない存在に陥っていた。

私もエイジアンも煮詰まって、にっちもさっちも行かなくなったそのときである。

黒船がやってきた。

第六章　エイジアンの逆襲

1．黒船来襲

エイジアン暦十二年。

エイジアンに黒船が来襲したとき、マヌケなことに私は日本にいなかった。

アフリカとアラビア半島を三ヵ月旅していたのだ。

いやしくも「編集顧問」ともあろう者が、職場を三ヵ月も放棄して、海外をうろついているというのは、一般の新聞社や出版社では許されないことだが、エイジアンではある。

「へえ、また、行くの？　タカノさん、いいねえ」と社長の劉さんに言われるだけである。

逆にいえば、どれほど不満があっても私がエイジアンにしがみついているのは、個人の自由行動に劉さんの「理解」があったからだ。

帰国してアパートに荷物を置くと、とりあえず、エイジアンに顔を出した。海外から帰ったらまずそうするのが習慣になっていた。

責任感からではない。

日本における私の居場所というのは、長年住んでいるボロいアパートのほかには、エイジアンしかないからだ。

エイジアンに行き、劉さんがキャーキャー騒いで走り回っていたり、マウンさんとアブさんがドツキ漫才を繰り広げていたり、武蔵丸バンバンさんがタイ人のプイちゃんをからかっていたりするのを見ると、「あー、日本に帰って来たんだなあ」という実感がこみあげてきて、心底ホッとするのだ。

変な話だが、私が日本に帰ってきて、「あ、お帰りなさい！」「色、黒くなったねえ」「ちょっとやせたんじゃない？」「また、何かヘンなもの食べてきたの？」などと朗らかに声をかけてくれるのは、外国人である劉さんやプイちゃんたちだけなのである。

まるで実家に帰ったような気分だ。「実家に帰ると初日だけは手厚く歓迎される」という法則はここにもあてはまるからなおさらだ。

私はそのときも、意気揚々と会社に登場した。

しかし、何かちがう。表面的にはいつものエイジアンだが、雰囲気がちがう。

劉さんとプイちゃんが出迎えて、「あ、帰ってきたんですか？」「お帰りなさい」とは言うものの、いつものはしゃいだ感じがない。

「えーとえーと……、タカノさん、紹介する人がいるの」劉さんは歯切れ悪く言い、「サクラダさーん！」と呼んだ。そして、なぜかそそくさと姿を消した。

そこに現れたのは、私より一回り年上、つまり四十代なかばとおぼしき日本人の男性だった。細いフレームのメガネをかけ、ラフだがシャレたジャケットを羽織っている。いかにもおしゃれなマスコミ人という風体だ。

彼は丁寧な口調でよどみなく挨拶《あいさつ》をした。

「どうもどうも、はじめまして。ライターの高野さんですね？　お話は社長の劉のほうから伺っております。私、桜田と申します。いろいろとご迷惑をおかけするかと思いますが、今後ともよろしくお願いいたします」

差し出された名刺には「エイジアン新聞社・編集長」と書かれてあった。

私はあまりの驚きで、呆然《ぼうぜん》と立ちすくんだ。実家に帰ったつもりが、他人の家になっていたのである。

しかし、桜田さんがあまりにも礼儀正しく、かつ自然に振舞っているので、他に言葉が出ないまま「あ、こちらこそよろしくお願いします」などと名刺交換をしてしまった。

「ねえ、いったい、どういうこと!?」

桜田さんが自分のデスクに引っ込んだあと、プイちゃんをパーテーションで仕切られた「会議室」へひっぱっていき、小声で訊《たず》ねた。

プイちゃんはいつになく困ったような顔で答えた。

「いえ、劉さんが入れちゃったんですよ、あの人を」

プイちゃんの説明によれば、こうである。

桜田さんはもともと大手出版社で雑誌の編集をしていた人だった。その前は、広告代理店に勤めていたという。彼はアジア好きで、以前から「アジアの情報を一括して発信するようなセンターみたいなものをつくりたい」と思っていた。前に勤めていた出版社では「アジアものの企画やりましょうよ」と熱心に提案し続けていたがなかなか編集部の理解をえられず、不満を抱えていた。

「『どうしてそうアジア、アジア言うんだ!?』って編集長に言われて頭きちゃってね。『だって、日本もアジアでしょ！　あんたもアジア人だよ！』って言い返して大ゲンカになっちゃったりした」とのことだ。

あるパーティの席上で、劉さんは桜田さんと会って意気投合した。

「あとは、わかるでしょ？」プイちゃんは言った。

うん、すごくよくわかる。やる気があり、経験があり、プロの編集者にして営業能力もある。そんな人材がいたら、「それなら、うちで仕事してくれませんか」と飛びつくに決まっている。そして、そんなハイなとき、彼女の頭には「タカノという編集顧問がいる」なんてことはちらりとも浮かばないはずだ。

劉さんは私の海外行きを理解してはいたが、それは忘れていたと言い換えることもできた。彼女の頭では、「理解」と「忘却」が隣り合わせの細胞に宿っているのだ。

さらに、劉さんは、とにかく説明をしない人である。あとで、私のことを思い出しても「ま、いいか、いないんだし……」と軽く流し、桜田さんにも私のことをただの出入りライターの一人として紹介しただけなのだろう。

「なんてこった……」私はつぶやいた。

居場所を乗っ取られたという怒りがふつふつとこみ上げた。だが、私が三ヵ月も職場におらず、砂漠や密林をうろうろしていたことを考えれば、文句をつけられる立場ではなかった。

しかし、それ以上に誤算だったのは、新しく入ってきたのが桜田さん一人ではなかったことだ。

桜田さんの引きで、若い日本人スタッフが二人入社していた。

一人は編集者で、もう一人は経理である。挨拶をしたかぎりでは二人とも爽《さわ》やかな好青年であった。

桜田さんを含め、この新参者三名が、インチキくさかったり、態度がでかかったりしたら私も納得がいかないし、彼らを嫌ったり憎んだりしただろう。だが、始末に負えないのは、みんな感じがよく、しかもプロの雰囲気を漂わせていることだ。

ありていに言えば、「こういう人がこの会社にいれば……」と前から思っていた人たちだったのだ。

「負けた……」と私は思った。そして、すごすごと家に帰った。


エイジアンは変わった。

編集部にはホワイトボードが持ち込まれ、各新聞の編集担当の名前が書き込まれた。担当者の今月の予定を把握するためである。

ライター宛《あて》に、締切り日が電子メールやファックスで通告されるようにもなった。今までは、いちばん最初に連載を依頼するときに「毎月二十日までにお願いします」と私がライターの人たちに伝えただけだったが、桜田さんはちゃんと締切りの二週間前に毎月、丁寧なメールを入れる。締切り自体も前倒しになった。二十五日が校了日だから私は二十日まででいいやと思っていたが、桜田さんは十五日に設定した。編集（レイアウト）業務がきちんと進行するようにという配慮だ。

私もようやくメールを使い始めていたが、その「締切りお知らせメール」が来るたびに、「あー、オレはもう外部のライターの一人にすぎないんだなあ」と寂しい気持ちになった。

当然のことながら、新聞の内容も少しずつ変わっていった。

桜田さんは、私が編集顧問だったことは依然として知らないようだったが（こちらもあえて言わなかった）、三つの新聞に合計十ページもの記事を書いている古参かつメインのライターであることだけは当然知っていた。そして、そういうライターに対する接し方も心得ていた。

いきなりページを減らしたり企画を変えたりせずに、一、二ヵ月ごとに、「ちょっとご相談があるんですが……」と、少しずつ自分の方針に近づけていくのだ。

桜田さんの編集方針は明確だった。

「誰にでもわかりやすく、役に立つ情報を」ということだ。

これまで私は、タイでも台湾でもミャンマーでも、他のどの本やメディアにも載っていないレアな情報をお届けしているつもりだった。その国を好きな人間を対象に書いていたのだ。そうして、できるだけ一般の雑誌・新聞・ガイドブックには載っていないような情報ばかりを選んできた。

桜田さんはちがう。

「タイ・ニューズ」を例に挙げれば、彼が載せたがるのは、プーケットやパタヤなどのリゾート情報である。それに「タイの土産物《みやげもの》」「タイ料理ってどんな味？」「トレッキング・ツアーに挑戦！」などという観光情報だ。

要するに、私が避けていた、ガイドブックに出ているような入門情報がメインである。

「それなら、ガイドブックを見ればいいんじゃないですか？」私がそう言ったら、彼はにこやかに答えた。

「タイに興味を持ってもらうことが大事なんですよ。タイのマニアだけではマーケットとして狭すぎる。これまでタイに縁がなかった人たちがタイ料理店や旅行代理店でこの新聞をふと手にとり、『あ、タイっておもしろそうだな』って思ってくれればいいんです」

私とは対極の考え方だが、桜田さんの理屈も筋が通っている。特に、部数を伸ばすという意味では明らかに分がある。

私がプーケットやパタヤなどのリゾート情報を絶対に書かなかったのは、自分が興味をもたなかったからだ。結局、私は、自分では読者のためにベストを尽くしているようなつもりでいたが、実際には単に自分の書きたいことを書いていただけで、きわめてエイジアン的であった。それが桜田さんの登場でよくわかった。

もう一つは、「日本での情報」だ。最近アジア関係のイベントやコンサートなどが盛んに行われるようになった。アジアの音楽や映画も上演されたり、そのＣＤやＤＶＤも入手できるようになっていた。

私はこういったイベントがあまり好きではない。イベントというのは、所詮《しょせん》、現地の模型みたいなものだからだ。ＣＤにしても、気に入ったものは自分でてきとうに現地で買っている。

要は、私はしょっちゅうタイなり台湾なりに行くので、わざわざ日本でタイや台湾のものがどこでどういうものが入手できるかなんて興味がないのだ。

しかし、実際には日本人の多くは、私のように自由にタイへ行く時間がない。あるいは、そこまでしたくない。日本にいながらにして、タイの文化が楽しめればそれでいいという人がたくさんいる。

さすが、メジャーな媒体で仕事をしてきた桜田さんは、その辺のことをしっかり心得ていたのだ。

いっぽう、彼は優秀なライターもよく知っていた。

彼らはインターネットを駆使し、「タイの最新ヒットチャート」なんていうのも簡単に引っ張り出してくる。

「ダウンロード」とか「新しいソフトの無料インストール」と聞いただけで、「こりゃハッカーじゃないか!?」「ウィルスかもしれん」とビビって電源を切ってしまう私とはレベルがちがうのだ。

編集のＴさんも出版社勤務経験のあるちゃんとした編集者で、写真とキャプションを間違えるなんてことは絶対にしない。ついこの間まで、全部のキャプションが合っていたら「パーフェクト賞」をあげたくなっていたのがウソのようだ。

かくして、エイジアンの各紙は、俄然《がぜん》、レベルが上がってきた。まさしくふつうの、ちゃんとした新聞になろうとしていた。

一方、経理のUさんも優秀な人だった。中国の広東省に留学経験があるとかで、北京語はもちろん、広東語も話せた。劉さんとも、北京語で経理の話をしている。彼もふつうの会社の経理のように、ウィンドウズのエクセルだかアクセルだかを使いこなす。

今までも、エイジアンから原稿料は振り込まれていたが、その方法は実にアバウトだった。

三ヵ月くらい入金がなかったかと思えば、毎月立て続けに振り込まれることもある。それもある月は十日で、次の月は二十三日とか、デタラメだ。やりくりがついたとき、あるいはライターやスタッフに報酬を出すことを劉さんが思い出したときに、入金しているだけなのだ。

それが、毎月、必ず十日に入金されるようになった。

あまりに正確なので、かえって不気味になったくらいだ。

遅れる場合は、それがたかだか三日でも四日でも「申し訳ありませんが、もう少しお待ちください」とUさんから丁寧なお知らせメールが入る。

いまや、原稿料からはちゃんと源泉徴収分が引かれ、年末には確定申告用の支払調書が黙っていても届くようになった。

まるで魔法にかけられたような気分である。

こうして、エイジアンの新聞は内容、労働条件とも、格段に安定するようになった。長年、私が望んでいた方向にちゃんと進んでいるのだが、全然気分は晴れない。当たり前だ。

私は、これまで自分が編集顧問になって、エイジアン各紙のレベルがぐんと上がったと思っていた。それは間違いではないのだが、所詮は学級新聞が社内報になったくらいのレベルだったのだ。それがよくわかってしまった。

内容もオリジナリティを追求するあまり、マニアックな路線を突っ走ってしまっていた。

私は誰もやってないことがやりたい。誰も書かないことを書きたい。そういう人間だった。

そういう意味では根っからのエイジアン人であり、桜田さんたちから見たら、劉さんと私は区別がつかないほど似ていたかもしれない。

いっぽうでは、エイジアンをもっとマトモな会社にレベルアップさせたいとヘンに頑張っていた。

そのために、劉さんやスタッフのやり方に不満を持ったり、失望したり、あげくには自分で自分のレベルを落としたりしていた。

一人相撲《ひとりずもう》と呼ぶしかない。

野球で言うなら、「オレだけいくら頑張ってもこんなチームじゃ試合には勝てないんだ!」と歯がゆく思っていた四番打者が、いきなり大型補強で一流選手がドドッと加入したあおりをくらい、戦力外通告を受けてしまったようなものだ。

ページは減らされていたが、まだ半分くらいは残っている。だから、エイジアンとのつながりが切れたわけではないが、入稿はメールになり(「添付ファイルで入稿してください」と言われ、初め何のことかわからなかった)、掲載紙も編集部からちゃんと送られてくるようになったので、会社に行く機会も激減した。

なにより、寂しいのは二十五日の夜である。

もはや編集顧問でもなんでもない私は「校了日」など関係がない。

ただ、アパートの三畳間で、缶ビールを飲みながらぼんやりしていた。

今頃、みんな、〝文化祭前夜〟のノリで楽しくやってるんだろうなあ。あ、でも、もう桜田さんたちがいるから、徹夜もせずに、合理的に業務が進行して、文化祭前夜のノリなんてないのかもしれない。

「まあ、どっちでもいいや……」

2・桜田軍団 vs. エイジアン

「ニッポンから来た黒船」こと桜田軍団はエイジアンのスタッフからおおむね受け入れられているようであった。

彼らは自分たちがまったく新しい環境にやってきたことを自覚しており、前からいる外国人スタッフを無理に新しいルールで縛ったりしないよう、心がけている様子だった。それはいい意味で、日本人的な気遣いである。

だが、そうはいってもエイジアンだ。

まっとうな出版社からやってきた日本のマスコミ人とはどうしても軋轢《あつれき》が生じる。

私は月に何度か記事の「打ち合わせ」のためにエイジアンへ顔を出していたが、たびたび、桜田さんから愚痴をこぼされた。

「劉さんは、いくら言っても各新聞の編集長をつくらないんですよ。編集長のいない新聞なんてあります？」

桜田さんは温厚な顔をしかめて、小声で私に言う。

「国際電話とか食材の通販とか、儲《もう》からない副業ばっかりやって……」

「そうですよね」と相槌《あいづち》を打ちつつ、笑いをかみ殺す。桜田さんも私と同じように、もののけ劉姫の泥沼にはまっていたからだ。

「だいたい、あの人はちょっとどうかしてますよ！」だんだん桜田さんのトーンは上がっていく。

最近もこんなことがあったと桜田さんは話した。

エイジアンでは不動産業務をやっていた。かつて朴さんが担当していたやつだ。私はただアパートやマンションの物件紹介をしているだけだと思っていたら、それはちがった。

アパートの又貸し業である。

「新聞社」という信用を最大限利用して、劉さんはアパートやマンションのオーナーと賃貸契約を結ぶ。あとは、エイジアンが誰に貸そうがどう使おうが家賃さえ払ってくればいいというものだ。

数年前より多少よくなったとはいえ、今でも外国人が部屋を探すのは「三万里」の道のりだ。

だから、エイジアンの又貸し業は人気があった。

やり方もうまい。

アジア系の人たち、特に出稼ぎや学生は何人か集まって部屋を借りることが多い。だから、例えば、六畳1DKの部屋を四人の外国人に貸すとする。一つのアパートをまとめてオーナーから借りるから、エイジアンでは安く借りることができる。

もともとの家賃が十万円なら、七万とか。それを外国人四人にもとの十万で貸す。すると、一部屋につき三万儲かる。

それだけではない。

家主が外国人に部屋を貸したがらないのには、「ガイジンはイヤだ」という排外意識だけでなく、それなりの理由も少なからずある。

ゴミだしがちゃんとできない（特にアジア系外国人には日本の細かい分別ゴミがなかなか理解できない）、うるさい（もともと大人数で借りているうえ、すぐに他からも友だちが訪ねて来るから賑《にぎ》やかだ。若者が多いからなおさらその傾向は強い）、共同のスペースを汚す、それから部屋の壁を勝手に塗り替えたり、メチャクチャな使い方をする者もいる。当然、家賃の滞納もあるし、夜逃げだってある。

そこで、誰かがすごくいいアイデアを考えた。

借り手の中から誰か一人、「管理人」を作るのである。その管理人がそのアパートのルールを徹底して他の人間に守らせる。そのかわり、管理人は他の者より、家賃を安くする。つまり、管理人代を引いてあげるのだ。

先のケースだと、他三名はそれぞれ二万八千ずつだが、管理人は一万六千でよいとか。

こうすると、アパートの部屋はきちんと秩序が保たれ、家賃滞納その他の問題もなく、空き部屋も欠員も出ないから（誰かが抜けたとき他の人間を補充するのも管理人の仕事だ）、大家はたいへん喜ぶ。もちろん、家探しに苦労している外国人にも願ったり叶《かな》ったり。そして、エイジアンとしても、確実にこの部屋一つだけで月に三万円儲かる。こういう部屋を仮に十部屋用意すれば、三十万、二十部屋用意すれば六十万円の定期収入になる。

しかも、管理人に任せておけばいいのだから、何もせずに自動的に金が入ってくるのだ。

「これは大したもんだ」ビジネスセンスに長《た》けた桜田さんは感心した。

これをもっと大規模に展開すれば、立派なビジネスとなり、どうしても大きな利益が出にくい新聞業務を補ってあまりある。そして、桜田さんが夢見る「アジアの一大情報センター」の基盤もできる。

桜田さんは劉さんに「マンションやアパートをいくつか丸ごと借り切って外国人に貸す仕事をしたら」と提言した。

建物自体をまとめて借りたら安くなるし、日本人住民との摩擦もなくなり、もっと合理的なビジネスになる。

相手も出稼ぎの人や留学生に限ることはない。

東南アジアや台湾のビジネスマンには日本と母国を行き来している人も多い。家賃の安い部屋が東京に確保されていれば、ホテル代が浮いて助かるし、「東京支社」としても使える。

エイジアンには金持ちのスタッフが多い。彼らのコネクションを使えば、そういう顧客を確保することも可能だ。

「すごくいいアイデアでしょ？」桜田さんは言った。

「でもね、これ、実現しなかったんです。それどころか、部屋の又貸し業もやめちゃったんですよ」

「え、どうしてです？」

「わかんないでしょ？　劉さんはこう言うんです。『こういう確実に儲かる仕事はおもしろくない』って。どうかしてますよ！」

桜田さんの声は最後は悲鳴に近かった。

すごい。確実に儲かる仕事を毛嫌いし、利益を無視して放棄してしまう経営者など、日本中いや世界中探しても劉さんくらいじゃないか。

そうなのだ。劉さんという人は、地道に少しずつ儲けるなんてしょぼいことが嫌いなのだ。みんながアッと言うような方法で、博打的《ばくちてき》にドッカーンと儲ける。実際には、彼女がドッカーンと儲けたところなど見たことはないが、少なくともいつもそれを目指して、新しいこと、無茶なことに邁進《まいしん》している。

劉姫は健在だった。

桜田軍団がいくら近代化しようとしても限界がある。エイジアンは劉さんがいるかぎり、ある程度以上は変わらない。ふつうの平凡でマトモな会社には絶対にならない。

「いや、ほんと、困りますよねえ」

ことさら真顔を作って相槌を打ちながら、私は心の中で快哉《かいさい》を叫んでしまった。

「劉さん、もっとやったれー!」

3. かりそめの蜜月《みつげつ》

桜田軍団が参入して以来、私はエイジアンの中で宙ぶらりんな状態が続いていた。

彼らの責任感あふれる仕事の姿勢には感心していたし、アジアの一大情報センターを作るという情熱も理解していたが、いっぽうで居場所を奪われた悔しさはどうしても消えない。

だいたい、エイジアンは彼らが来てから新聞も会社も格段につまらなくなった。ちゃんとしてるけど、ふつうなのだ。それなら、別にエイジアンでなくてもいい。

しかし、それも所詮は「負け犬の遠吠《とおぼ》え」だというのは自分でもわかっている。桜田軍団を見返すような原稿を書こうと思いつつ、そもそも私が書くような原稿は求められていないことを考えると、テンションは下がる。

気合が入ってるのか入ってないのかわからない、中途半端な原稿ばかり書いていた。

私の担当するページの分量も減ってきた。

台湾人へのインタビュー記事「フロムT」はネタが尽きて、自分からやめてしまった。

「台湾時報」のニュース記事も三ページから二ページになっている。

しかし、それでもその二ページを埋めるのがきつい。

劉さんは、桜田軍団の加入により、ますます新聞から遠ざかり、夢の無料国際電話計画に没頭している。当然、「台湾時報」のニュース記事の「打ち合わせ」などやる気がない。

こちらも前のように、根気強く、劉さんと一緒に雑誌類やネットの記事をひっくり返してネタ探しをする気力がわかない。

ある日、私たちは互いにまったくやる気がないまま、「会議室」で雑談をしていた。

どういう経緯か思い出せないが、「日本人は失敗を許さない」とかいう話題になった。

「小さな失敗も許せないから、みんな、失敗しないように小さくまとまる。これじゃ、画期的な発想なんか生まれない。ビジネスだって、なんでも日本人向き。画一的。世界に広がらない。商売が下手《へた》で、やり方もつまらない」

私がそう言ったのは無意識的に桜田軍団に対する反発があったのかもしれない。こんな話を劉さんに言えば、〝全身オリジナリティ〟の人だけに「そうよ、そうよ！」と同意するに決まっている。失意に沈みっぱなしの私としては、劉さんの同意で傷を癒《いや》してもらいたかったのかもしれない。

ところが、劉さんは意外にも「それはちがう」と言った。

「あのね、やっぱり国民性とか民族性とかあると思うの。はっきり言って日本人は商売が下手。発明にも向いてない。でも、それでいいじゃない。日本人は失敗が嫌いって言ったけど、それは日本人が職人だから。モノを作らせたら世界で日本人がいちばん。職人に発明や商売をさせたって無理よ。商売は中国系がいちばん。発明は欧米系がいちばん。だから、発明は欧米系に任せて、それを商品にするのを日本人がやって、できた商品は台湾人が売ればいい。それがこれからの、なんだっけ、……あ、そうそう、グローバリズムよ！」

「おお！」私は思わず感嘆の声をあげてしまった。

そういう見方をするか、劉さん。「日本人が固定観念に縛られている」と言おうとしていたのだが、劉さんによれば、私のそういう日本人観が固定観念に縛られていることになる。

いつの間にか「中国系」が「台湾人」にすりかわっていたし、最後の「グローバリズム」もとって付けた感があったが、さすがは劉さん、どこでも聞いたことのない「日本人論」である。

たしかに日本人の異様な細かさ、まじめさ、責任感は「職人」の一言でずいぶんと説明がつく。

最近では失望することが多く、劉さんを過小評価する傾向にあったが、今日ばかりは初めて出会ったころの鮮烈なイメージを思い出させた。

そうなのだ。劉さんの話は、独創的でひじょうにおもしろいのだ。

こんなおもしろい人に他人の記事を解説させるのはもったいない。彼女自身に語ってもらったほうがいい。

私は突然、新しい企画を思いついた。

劉さんはジャッキーという愛称をもっている。

「ジャッキー劉の『ここがちがう！　日本人と台湾人』っていうのをやろうよ」私は提案した。

「劉さんは日本も台湾も両方よく知ってるんだから、そのちがいとか、日本人には想像できない台湾人の習慣や考え方をしゃべってよ。ぼくがそれを書くからさ」

劉さんは提案に飛びついた。もともと、しゃべるのは好きだし、なにより台湾記事の翻訳・解説をやらないで済む。

こうして突発的に新企画が始まった。こういう、その場で新しいことができてしまうのがエイジアンの真骨頂であり、私は久しぶりに興奮していた。

その日、「第一回」として聞いたのは、「日本人の夫婦と台湾人の夫婦のちがい」だった。第一回目からメチャクチャおもしろい。

劉さんが言うには、「日本人の男性ほどかわいそうな人はいない」。

だって、そうでしょ？ 外で死ぬほど働いたあげく、定年になればゴミ扱い。リストラでもされたら奥さんに冷たくされるし、離婚されることだって珍しくない。

だいたい、日本人の夫婦はほんとうに愛し合っているのかなって思う。夫は外で働き、妻は家の中。職場の分担みたい。週末、夫が家族を連れて遊びに行くのが「家族サービス」と呼ばれているのも台湾人には信じられない。

家族みんなで遊びに出かける。こんな幸せなことはないのに、それが「サービス」なの？ その点、台湾人の夫婦はもっと情が深い。徹底的に助け合う。

台湾人女性の多くが仕事をもっているのは、結婚して縛られたくないからという理由じゃない。「私も頑張って稼いで、家計に貢献しよう」という思いがあるからなの。だから、台湾人の妻は、自分が稼いだお金をいくらでも家に入れて、自分のこづかいなんかにしない。だって、愛し合っている二人のお金なんだから。

だけど、愛情が冷めちゃったら、台湾人の夫婦は悲惨。日本人男性は愛情は薄いけど、責任感は強いから、離婚しても慰謝料だとか子どもの養育費だとかちゃんと払うでしょ？　台湾人には考えられない。どうして、嫌いになった相手にお金をあげなきゃならないの？　って思う。日本では離婚した夫の五〇％くらいしかお金をちゃんと払わないというけど、五〇％もの人が払うことが台湾人には驚異的。

とにかく、台湾人にとって重要なのは愛情だけ。それがあるかぎり、だいじょうぶ。夫が会社をクビになったといって怒る台湾人の妻はいない。だって、夫は被害者でしょ？　かわいそうでしょ？　それに仕事がなくなったらそれは家庭の問題。

そんなとき、台湾人の妻は何をすると思う？　自分で仕事をするのはもちろん、そこらじゅうに電話して、夫の仕事を探す。知り合いの知り合いの知り合いとか、どんな遠いコネでも使って、夫のために営業をするの。それは全然恥ずかしいことじゃない。だって、夫のため、家族のため、自分のためでしょ？

私の友だちで日本人と結婚した女性がいる。二人は日本に住んでいて、旦那《だんな》さんが会社に勤めていたから、奥さんはずっと主婦。二十年以上も主婦をやってた。「日本人の奥さんほど楽なものはない」って言ってたの。

それが旦那さんが突然、リストラされちゃった。ふつう、日本人の奥さんなら、怒ったり、泣いたり、まあ、ショックを受けるでしょ？　特に二十年も主婦しかやってなければ、「私たち、これからどうするのよ？」」ってなる。

でも、私の友だちは台湾人だからちがう。

次の日、家にワンボックスの新車が届いた。旦那さんはびっくり。実は奥さんが残りの貯金を全部引き出して買ったの。で、奥さんは旦那さんに言った。

「あなた、これでドライバーをやりなさい。羽田空港でお客を待って送迎するの」

（注：まだ、台湾の中華航空が羽田発着のときである。つまり、白タクをやれと言うのだ）

旦那さんは当然びっくりして、「いや、そんなのムリだ」と言う。でも、奥さんはひかない。「だいじょうぶ。私の台湾人の親戚《しんせき》や知り合いに全部電話して営業する。お客は絶対につかまえる。あなたは空港の前で待っていればいい」

奥さんはすごかったよ。実際に電話営業でお客をつかまえただけじゃない。空港にはすでにそういう車（白タク）が何台もいる。そこへ行って、挨拶し、ちゃんと話をつけた。ほら、勝手にやるとトラブルになるから。

ほんとうに旦那さんは空港で待ってるだけ。あとはお客を奥さんが車まで連れてきて、二人でそのお客を家やホテルまで送り届ける。

なにしろ、奥さんは同じ台湾人でしょ？　言葉も通じる。頼めば東京の案内もやってくれる。台湾に帰るときも羽田まで送ってもらえる。他のタクシーやそういう車（白タク）はもっと値段が高くて、言葉も通じない。外国人の台湾人には心配もある。だから、私の友だち夫婦の車はすごい人気になった。

半年くらいで、会社に勤めていたときより収入がはるかに多くなっちゃった。お金もたまった。お客が増えて、人脈もできた。その時点で、送迎の仕事はやめて、友だち夫婦は貿易会社を立ち上げた。今では奥さんが社長、旦那さんは副社長。でも、旦那さんはあんまり働かなくてゴルフばっかりやってるみたいだけど……。


いやあ、すごい話である。私は思わず聞き入ってしまった。劉さんの脚色も多少入っているとは思うが、他にも夫を助ける妻の例を次から次へと披露していたから（「これ以上書けないからもういい」と途中で止めたくらいだ）、基本的には事実だろう。

劉さんのしゃべりもうまい。身振り手振りで、まるで人間紙芝居状態だ。目がキラキラと光って、学校から帰った子どもが「今日、こんなことあったよ！」と夢中で話すのにも似ている。

劉さんが、「夫が職を失ったとき、台湾人の妻は『よし、あたしの出番だ！』と立ち上がるのよ！」と言ったときには、そのゴゴゴーッと立ち上がる音が劉さんの背後から聞こえてくるようだった。

私も久しぶりに劉さんの魅力、ひいてはエイジアンの魅力に圧倒された。

この突然の新企画・第一回は、私が夢中で聞いて夢中で書いただけあって、珍しく編集部の桜田さんや外部の読者から「あれ、おもしろかったですねえ」と言われた。

その後も、私と劉さんは快調に連載を続けた。

あまりにも複雑なので読者にはよく伝わらなかったようだが、台湾人（香港《ホンコン》や世界各地の華僑《かきょう》もやっているという）の間でよく行われている「互助会」の話もおもしろかった。華僑がよく「互いにお金を出し合って、新しく商売をする人を助ける」という話があるが、具体的なシステムは日本人にはまったくと言っていいほど知られていない。

それを劉さんや他の台湾人スタッフが詳しく説明してくれた。

日本の無尽講や頼母子講《たのもしこう》などの「講」に似て、会員が月々お金を払い、その月ごとに必要とする人がまとまったお金を受け取る。

しかし、日本の「講」が単に掛け金の融通であるのに対し、台湾・華僑の「互助会」は、投資とギャンブル性を兼ね備えている。うまくやればかなり儲かるのである。また、損するとわかっていても商売が危なくなったときにはすぐにまとまった現金を調達できる貴重な場ともなる。

台湾人はお金が好きなので、友人や知り合い相手でも容赦せず一円でも多く儲けようと必死になるという。

「互助会」は隣近所でも親族でも同郷者でも会社の同僚でも、とにかくどこでもやっている。金額も一万円くらいから、数百万単位まである。

ある台湾人スタッフが言うには、「ぼくのお母さんが互助会の会長（責任者）をやっていたとき、会員が日本円でだいたい一千万円もらったまま逃げちゃいました」とのことだ。

「え、それはひどい。そういうときはどうするの？」と訊《き》くと、

「しょうがないです。お母さん、しばらくショックでしたけど、半年くらいして、また互助会を始めました」

ふつう、懲りて二度とやらないと思うけど、よくまたやるね。そう言ったら、劉さんが大げさに手を振った。

「あのね、台湾人、すぐ忘れちゃうの」

劉さん、いくらなんでも一千万円は忘れないだろう。また、てきとうなこと言って……と言ったら、スタッフが答えた。

「いいえ、ほんとです。台湾人はすぐ忘れちゃうんです」

逃げた人が何年かして再び戻ってくるときもあるという。さすがに同じ互助会には二度と参加できないが、かといって、持ち逃げした金を返せとも言われないらしい。台湾人の金に対する執着と人に対する大らかさはすごいものがある。

劉さんが教える「台湾式防犯テクニック」も好評だった。この辺になると、それが台湾人のものというより、劉さん個人のテクのような気がしたが、すでにどうでもいい。なぜなら、実際に日本人にも役立つからだ。特に女性用として。

夜道で誰か男に後ろからあとをつけられているとき、台湾人女性（もしくは劉さん）がよく使う手がいくつかある。

1．近くの家のインターホンを押し、「お父さん、ただいま。あたしよ。門、開けて」という。実はインターホンは押していない。ふりをするだけ。会話も全部、芝居。これでたいていの男は逃げる。

ただし、自宅でやってはいけない。うちがバレたら、また狙《ねら》われる可能性が高い。他の家でやれば、相手は「ここが彼女の家だ」と思い込むから一石二鳥。

2．もっと簡単な方法。携帯電話を彼氏か夫にかける。これも実はかけるフリ。で、「あ、ワタルさん？　あたしよ。もうすぐ着く。今、セブン－イレブンから少し行ったところ」などと言う。

これでも十分、効果がある。

これもほんとうに彼氏や夫に電話して助けを求めてはいけない。遠くにいるとわかったら襲われてしまう。

3．ほんとうに危険を感じた場合。鍵《かぎ》の束を握り締め、鍵の先が拳《こぶし》の隙間《すきま》からウニのように突き出た状態にする。男が襲ってきたらそれで一撃を食らわす。たいてい、夜道で女を狙うような男は実は気が弱いから、反撃されると逃げる。

たぶん、3．は劉さんにしかできない技だろう。1．もかなり演技力と度胸がいる。でも、2．は誰でも実際に簡単にできる。

その他、「子育て」「高齢者問題」「近所づきあい」「嫁探し」など、劉さんと私は日本と台湾を比較したうえでのおもしろくてためになる話を連発した。

私と劉さんは数年ぶりに蜜月ともいえる状態にもどっていた。そして、私はあらためて、したたかで大らかなエイジアンの源に触れていた。

その中で「事件」が起きた。

台湾では日本とは比較にならないくらい、ビジネス上のトラブルが多いという。特に、日本人には想像もつかない詐欺がある。そんな雑談から、「じゃあ、今日は台湾の詐欺についてやろう」ということになった。

台湾の詐欺は大がかりなものが多いらしい。ポール・ニューマン主演の映画「スティング」ばりの、場所や人間ごと全部ニセモノという詐欺も珍しくない。

「最近じゃ、こんな詐欺が流行《はや》っているらしいよ……」と劉さんが週刊誌を取り出し、つらつら読みながら説明を始めた。

「……まず、ある日、知り合いから電話がかかってきて……それから……」と、話しているうちに、劉さんが黙りこんだ。下を向いて眉間《みけん》にシワを寄せている。

「どうしたの？」と訊くと、劉さんは「私、これと似たようなことが最近あった……」とポツリと言った。

「え、何が？」と問い返しても聞こえていないようだ。

そして、数秒後、彼女はハッと顔をあげ、私というより、私の後ろにある壁を見るようにして言った。

「私、騙《だま》されたかもしれない……」

次の瞬間、劉さんは椅子《いす》を蹴飛《けと》ばすように立ち上がり、電話に向かって走っていった。私は呆気《あっけ》にとられ、その姿を見つめていた。

劉さんが台北で大がかりな詐欺に遭ったことが確認されたのは翌日のことであった。

4・給料半年間停止！

エイジアン暦十二年の暮れも押し迫ったある晩のことである。

私は木枯らしに肩をすぼめながら、エイジアンに出かけた。

用件は原稿料の督促である。桜田軍団参入後、まるで判で押したように十日に入金されていた原稿料が、十月からピタッと止まっていた。

腹が立つわけではない。そんなことはちょっと前まで当たり前にあった。ただ、年末であるし、ささやかでも貴重な収入は確保したい。なにより、どうして突然、入金が滞ってしまっているのか知りたかった。

電話で、経理のUさんに訊ねたときも、「ちょっと事情がありまして。もうしばらくお待ちください。すいません」としか言わない。

エイジアンのオフィスのドアを開け、やっと暖かい空気に触れたが、暖かいのは物理的な温度だけで、部屋のムードは通夜のように冷えきっていた。

おしゃべりの声がしないし、それに人が少ない。閑散としている。

まず、桜田さんに訊こうと思ったが、姿が見当たらない。

それで、プイちゃんのところへ行った。

「ねえ、プイちゃん、何かあったの？　原稿料が入ってないんだけど……」

「私たちも給料をもらってませんよ」プイちゃんはいつものようにのんびりした調子で言った。しかし、顔はいつも以上に険しい。

「タカノさん、今、ここはたいへんなことになってるんです。もう二ヵ月給料が出てないし、これから来年の四月まで出ないらしいんです」

「えええー！」

エイジアンには何度も驚かされてきた。もう慣れっこになっていて、何が起きても驚かないつもりでいたが、まだまだ修行が足りないようである。

来年の四月なんて言ったら、もう春だ。花見だ。新学期だ。これから冬が深まろうとしているのに、そんな時分の話をしたら、鬼が笑う。

しかし、笑っている場合ではない。

「いったい、どうして？」

「私にもよくわからないけど、どうも詐欺に遭ったのがきっかけみたいです」

詐欺とは、私との打ち合わせの最中に発覚した、「スティング」的詐欺のことらしい。

あのとき、劉さんは顔色を変えて騒いでいたが、彼女はいつもキャーキャー大騒ぎしているので、私は「また始まったよ」くらいにしか思わず、すっかり忘れていた。その後も「ジャッキー劉」の連載は続いていて、別に何も聞いてなかったからなおさらである。

ところが、実はたいへんな被害をこうむったらしい。それが引き金となり、資金繰りが苦しくなったエイジアンは、別の取引先とも揉《も》め、「口座差押え処分」とやらを受けた。その処分が解けるのが来年の四月、それまでは収入が一切ないという。

私はビジネスの世界を知らないし、劉さんが例によって、社員・スタッフに詳しい説明をしないから「口座差押え処分」なるものがどういうことなのか知るよしもなかった。もしかしたら、劉さんがそう言っているだけで、事態はもっと別のものかもしれない。あまりにも変な話だからだ。

もし、朴さんがいたら、劉さんと遠慮なく口がきけて、追及も鋭い彼女のことだから、もっと詳しい話を聞けただろう。

ともかく、プイちゃんの言うとおり、エイジアンが未曾有《みぞう》の大危機にあるのは間違いない。

「で、桜田さんは？」私は訊いた。

「辞めましたよ。先週」

「え、辞めた!?　あんなに熱心にやっていた人が？」

「ええ。給料出なきゃ生活できないって言って」

「編集のTさんと経理のUさんは？」

「あー、みんな辞めちゃいましたね」

私は呆然とした。桜田軍団がすべてエイジアンを辞めたのか。

考えてみれば、給料が半年止まることが確実では生活が成り立たない。家族がいればなおさらだ。劉さんの話では「あとでちゃんと払う」というから、いわゆる「未払い」の状態だが、会社の収入が止まった理由からして曖昧《あいまい》なのだから、その公約もとてもあてにはできない。辞めて当然である。アジアの一大情報センター作りも、食っていけなきゃ始まらない。

はあ……とため息が出たとき、私は気づいた。

「プイちゃん、辞めないの？」

「ええ、まあ、辞めても行くとこないですから」プイちゃんはにこっと笑った。

「他の社員やスタッフの人たちは？」

「あー、桜田さんたち以外はみんな残ってますよ。相変わらず」

どういうわけか、給料がストップして辞めたのは日本人だけであった。

詐欺、給料停止にも驚いたが、日本人のみが辞めて外国人はみんな残っていることが何にも増して驚きだった。

これはいったいどういうことなんだろう。

オフィスには冷ややかな空気が流れている。きっとみんな不平不満でいっぱいにちがいない。当然だ。しかし、彼らはいる。会社にいる。どうして、給料なくして会社に居続けることができるんだろう。

そう訊くと、プイちゃんは目で皮肉っぽく笑った。

「みんな、保険、かけてますから」

そうか！　思い出した。彼らはみんな、副業をもっているのだ。

どんな副業をやっているのか。私はそれまで彼らが具体的に何をしているのか知らなかった。翻訳や通訳とか食材の個人輸入くらいだろうと思っていたし、建前上は会社に隠れてやっていることだから詮索するのも野暮だと遠慮していたのだ。だが、この際、私も給料未払い被害者の仲間として、率直に訊いてみた。すると、みんな、呆《あき》れるほどバラエティに富んでいた。

例えば、プイちゃん。

彼女は朴さんのあとを受け、不動産の仕事もしていた。

前にエイジアンではアパートの又貸し業をしていた。それを拡張するよう桜田さんが進言したにもかかわらず、「確実に儲かる仕事はいやだ」と劉さんが言って放棄してしまったという曰《いわ》くつきの業務だ。

ところが、劉さんが放棄したものの一部を、プイちゃんがこっそり引き継いでいたのだ。

「だって、アパートの住人たちが困るでしょ？　私がやればみんなも助かるし、私もお金になりますから」

プイちゃんはさらっと言うが、アパートの大家たちにはあくまでも「エイジアンの業務として」続けていることにしている。

劉さんが勝手に放棄したものをプイちゃんが勝手に受け継いでいるわけで、それがこんなところに生きている。

インドネシア人のアブさんは、国際電話のプリペイドカードを売っていた。エイジアンの主な収入源の一つで、アブさんは以前からその営業をしていたからそれ自体は驚くに当たらない。しかし、給料停止後、彼はエイジアンが請け負っていた会社のカードではなく、なんとライバル企業のカードを売っているのだった。

「もともとそっちのほうが安かったからね。よく売れるよ」アブさんはニヤッとした。

こちらもすごい。会社が義務を果たせなければ、こっちも仁義を破る。目には目を、歯には歯を。まさにハンムラビ法典から流れる、アラブ＝イスラムの精神である。凄腕《すごうで》営業マンのアブさんだから、前より収入が増えているんじゃないか。

そう言うと、彼は手を振った。

「そんなこと、ないない。だって、ボク、バイトにストップしてる分の給料払ってるんだもん」

彼の下で働くインドネシア人のスタッフが三、四人いる。会社からバイト代が支給されないので、直接の「上司」にあたるアブさんが自力で金を稼ぎ、自腹を切って彼らの未払い分の報酬と現在のバイト代を出しているのだ。

なんという親分肌だろう。上との仁義が破れても、下との仁義は身を挺《てい》して守っている。日本人にはとても真似《まね》ができない芸当だ。

一般の会社で給料が遅配になったとき、上司が他の会社で働いて稼いだ金で遅配分の給料を部下に払うのと同じだ。そんな上司がいたらどうだろう。親分どころじゃない。

「アブさん、あなたは神様だよ！」感嘆した私がそう言うとアブさんはまた笑って手を振った。

「神様じゃないよ。神様はアッラーだけ」

ま、そりゃそうなんだけど。

アブさんの「相方」であるミャンマー人のマウンさんは、前から夜は居酒屋でバイトをしていた。だから、六時にはかならず仕事を切り上げていたのだが、最近では四時には帰り支度を始める。

「バイトの時間を増やしたの？」と訊くと、彼はへへっと笑った。

「ちがうよ。ボク、店長になったの」

「へ？」

なんでも、店のオーナーに「会社から給料が出ない」という話をしたら、「じゃあ、店長やってくれないか」と頼まれたという。ちょうど前の店長が辞めたところで、新しく、店を任せられる人間を探していたというのだ。

会社の給料が停止して出世してしまったという、稀《まれ》な例である。


こうして、誰もが何かしらの副業でしのいでいた。しのいでいるだけではない。それを利用している人もいれば、部下の面倒をみている人もいる。

エイジアン人はみんな、自立しているのだ。会社の歯車などではないのだ。だから、所属している会社が揺らいでも、本人たちは揺らがない。

それに、私はもう一つ、すごく重要なことに気づいた。

これまでエイジアンの外国人社員は副業に手を染めて、会社の仕事に専念していないと思っていた。バイトやボランティアのスタッフも、「時間があるとき、片手間にやっている」という雰囲気があまりにあからさまで、眉《まゆ》をひそめるときがあった。

つまり、責任感が欠如していると嘆いていたわけだ。

日本人の桜田軍団の熱心かつマジメな仕事ぶりを見ると、ますますその思いを強くしたものだ。だが、しかし。今のこの状態を見たら、まったく感想はちがってしまった。いくらマジメであっても桜田軍団はもうここにはいない。「お金がもらえないから」という理由で、仕事を放棄してしまったのだ。自分たちが辞めたら新聞はどうなるか、わかっていながら。

しかし、外国人というかエイジアン人は、少なくとも会社にいるのである。テンションが下がったり、手抜きしたりしているが、一月も欠かさずちゃんと新聞を作り続けている。

だいたい、社員が全部辞めてしまったら、会社自体が即潰《つぶ》れてしまうのだ。

結果的に、どちらのほうが責任を果たしているのか。

今さら比べる必要もない。

ほんとうにこのとき、私はエイジアン人の底力を見た。

そして、劉さんの言葉を思い出した。

「私は会社のために頑張る人は好きじゃない。自分のために頑張る人が好き」

まさにそういう人が今、会社の危機を救っているのである。

5・エイジアン的に生きる

その年の十二月から翌年三月までの四ヵ月間、エイジアンは奇妙な状態にあった。収入がないため、社員もスタッフも極力仕事をしない。経費を削減するため、社長の劉さんにとっても社員があまり動かないほうがありがたいようだ。

会社を維持する最低限の活動だけして、半分休眠している。

それはまるで獲物がないときにはひたすらジッとして体力を温存しているワニや、エサの少ない冬に冬眠するクマのようだった。

この間、劉さんが何をしていたのか、私にはよくわからない。

もともと人に説明をしない性質だし、都合の悪いことは笑ってごまかす癖もある。その時は都合の悪いことだらけだったので、会社で会っても「だいじょうぶ、だいじょうぶ。四月になれば、お金も入るし、全然問題ないよ。エヘヘヘ」と言うのみだった。

今さら驚くことではないが、新聞もちゃんと発行され続けていた。

各新聞の編集担当は残っているから、質は多少下がってもなんとかなる。また、桜田さんたちの遺産もあった。

日本人の長所は、他人に仕事を教えることだ。社内で「教育」をする。桜田さんたちもその例に漏れず、社員・バイトにかかわらず、エイジアン人に仕事を教えていたから、ノウハウや効率的なシステムが残っていた。いずれ風化するにしても、少なくとも四ヵ月くらいはもつ。

今から思えば、桜田軍団はＪＩＣＡ《ジャイカ》（国際協力機構）から派遣された技術指導員だったんじゃないかと錯覚するくらいだ。

営業も凄腕営業マンのアブさんを中心に社員やスタッフが「副業」程度にやっていたから、存続はしている。

深刻だったのは経理である。

かつて、経理は猫の目のように人が入れ替わっていた。理由はいろいろあるが、経理の経験などない人間が無理に押しつけられ、すぐに嫌になって辞めたり、他の人に押しつけたりしていた。だから経理担当者は詳しいことが何もわからず、社長の劉さんだけが内実を把握していた。

ところが、桜田軍団の一員としてＵさんが経理担当になって、システムが変わった。Ｕさんがエクセルだかアクセルだかを使いこなし、データをきちんと整理、明朗会計になった。劉さんは安心してしまい、Ｕさんに全部お任せ状態だった。

そのＵさんが辞めてしまったから、たいへんである。詳しい状況がまるでわからない。データはいちおう残っているが、なまじＵさんがプロの経理だっただけに、素人（エイジアン人はみんな素人である）には理解できない内容なのだ。

そこに現れたのが、「助っ人経理」の王《おう》さんである。

年は四十代初めくらいの女性だ。中国語、タイ語、日本語をどれも同じように流暢《りゅうちょう》に話し、読み書きできる。例によって国籍は不明だが、どうも旦那さんは日本人らしい。

彼女はエイジアンの古株である。四年前、私が初めてエイジアンと出会ったときすでに会社にいた。劉さんの話では、劉さんがエイジアンを法人化する前から経理の仕事を手伝ってくれていたという。

それもタダの経理ではない。

エイジアンの黎明期《れいめいき》、あまりの赤字で劉さんが大ピンチに陥ったとき、王さんは劉さんに百万円も貸したことがあるという。また、やはり初期のころ、劉さんが借金取りに追われて「失踪《しっそう》」したことがある。そのとき、王さんは経理なのに劉さんの代わりに「台湾時報」を編集して発行したという。

さすがに法人化してからは、そんなメチャクチャなことはなくなったが、経理が辞めてしまい、次の人が見つからないとき、ふっと王さんが現れる。子どもが三人もいるとかで、時間があるときにしか会社にやってこないが、ちゃんと会社の財政をあずかっている。

なによりも、王さんの電話応対は見事だ。おそらくは、取引先からお金に関する苦情を言われていると察するのだが、何を言われても「私は聞いてません」「社長に伝えておきます」の二つのセリフしか言わず、絶対に「すみません」と言わない。ましてや、相手に言質《げんち》を与えるようなことは一切口にしない。

そして、新しい経理が入ってくると――あるいは、社員の誰かを勝手に経理にしてしまうと――、王さんはまた姿を消す。

まさに「スーパー助っ人経理」なのである。

彼女はいったい何者なのか？

タイかカンボジアに生まれ、台湾で育った中国系らしいのだが、ほんとうのところはよくわからない。

彼女は旦那さんが日本人の会社員で、生活には困っていないようだ。だから、エイジアンのスーパー助っ人などという、絶対誰もやれないことができるのだろう。

でも、これほどエネルギッシュな人が普段は家でおとなしく主婦をしているとは考えにくい。何かすごい副業をもっているんじゃないか。

そう思って、王さんに訊いたら、彼女は貫禄《かんろく》たっぷりの体を揺すって笑った。

「私は商売なんか得意じゃないよ。ボランティアばっかり」

数あるボランティア活動の中で、彼女がいちばん力を入れているのは家の近所で主宰している「外国人ママ・クラブ」なるものだという。

私はさっそく彼女の活動を取材しに行った。好奇心もあったし、劉さんが捕まらないのでどうやって「台湾時報」のページを埋めようか思案していたところだったのだ。

外国人ママ・クラブとは、私は初めて聞いたが、今では東京近郊、特に埼玉県で増えているらしい。読んで字のごとく、外国人のお母さんたちが週に一回くらい、地元の公民館などに集まって、日本語の勉強をしたり、病院、教育、買い物といった日常生活の情報交換をしたり、自分の母国の料理を教え合ったりしている。

まだ日本語がうまくできない、あるいは日本に友だちがいない女性で、子どもを抱えている人はたいへんだ。そういう人たちを集めてクラブを作る。主宰者は日本語がうまく、すでに日本に溶け込んでいる台湾人であることが多い。

参加者には、中国、韓国、東南アジアはもちろん、アフリカ、南米、中近東のママたちもいる。

王さんはそういう人たちのために頑張って、ボランティア活動をしているのだ――私はそう思っていた。

ところが。それだけではなかった。

外国人ママだけではなく、日本人ママもけっこういるのだ。

ある日本人ママはこう言っていた。

「日本で子育てをするのはたいへんなんです。お母さん同士のつき合いが難しい。私はかった。そんなとき、このクラブがあることを知って、参加するようになりました。ここでは、民族や言葉も関係なく、みんな、同じ立場で協力し合ってます」

なんと驚いたことに、外国人ママ・クラブは、日本の子育て社会に適応できなかった〝公園デビュー〟もうまくできなかったし、保育園でも他のお母さんたちと馴染《なじ》めなかった。そんなとき、このクラブがあることを知って、参加するようになりました。ここ

悩める日本人ママの受け皿になっているのだ。

これは素晴らしく合理的な話だ。日本人同士で意見や趣味が合わないと問題になるが、初めから外国人同士ならそんなことは何も問題にならない。

だって、そうだろう。「あの人は服装が派手だ」とか「常識ってものを知らない」などという陰口や批判を外国人にしてもまったく意味がないじゃないか。

日本人同士は同質性のなかにわざわざ差異を探すのが得意だが、外国人同士は異質性のなかに共通項を探していく。そうせざるをえないからだ。そのなかに入れば、とても気楽に仲間が見つけられる。

よく、マスコミでは外国人を治安を乱す者扱いしたり、その逆にいたく同情したりする。実際に「頑張れ、外国人ママ！」という記事を見たこともある。かくいう私も「頑張る外国人ママたち」というタイトルをつけようかと思っていた。

ここまで外国人とつき合っていて、まだ、私は勘違いをしていることに気づいた。

外国人はもちろん怖い存在ではないが、いつも同情すべき存在でもないのだ。

王さんは笑って言った。

「私にとっては日本人ママだって、外国人ママだよ。何も特別なこと、ないよ」

エイジアン人、恐るべし！

底力があるだけじゃない。なんて懐が深いのだろう。

エイジアン人は会社を救うだけではない。一般の日本人をも救っている。

私は気づいた。

日本に最も欠けているもの、それは選択肢なのだ。会社でも家庭でも学校でもボランティア活動でも、日本の集団というのは価値観が著しく画一化されている。その価値観から外れると、はじき出される。

集団を離れても自力でやれる強い人はいい。だが、集団にはついていけず、かといって一人でやっていける強い人はそう多くない。たいていの人は弱いのだ。

そういう群れからはぐれた弱い人たちの選択肢となりうるのがエイジアン人なのである。

日本人みんながエイジアン人になったら、それは困る。しかし、エイジアン人は社会からこぼれたものを拾い上げる力がある。

かくいう私もエイジアン人に拾い上げられた口ではないか。

今までも十分、エイジアン的に生きてきたが、このときあらためて私は決意した。

私は私の培ってきたエイジアン魂で生きていこう、と。

6・永遠のエイジアン人

エイジアン暦十三年、花見の季節が終わったころである。

私は久しぶりにエイジアンに出かけた。

「四月になれば、口座凍結が解除される。そしたら、みんなに給料を払える」

劉さんはそう公約していた。

電話で問い合わせると、「だいじょうぶよ。ちゃんと元に戻ったよ！」という劉さんの元気な声が聞こえてきた。

私は足取りも軽く、明治通りを歩いていた。

未払い原稿料は半年分。全部合わせれば三十万円以上になる。一気に払ってくれるとは思えないが、徐々には入金されるだろう。劉さんはいい加減だが、仁義というものは知っている人だ。

半ば諦《あきら》めかけたお金だけに、なおさら嬉《うれ》しい。

とはいうものの、私は経済的にそれほど逼迫《ひっぱく》していたというわけではない。

給料（原稿料）停止に突入する前、桜田軍団がやってきたときから、私のページは少しずつ減らされていた。

エイジアンだけでは食えなくなったので、少しずつ他の媒体で仕事をするようになっていた。原稿料が入ってこなくなってからは、もっと本格的に「書く」という仕事に取り組むようになった。前は断っていたような仕事もしたし、本も二冊出した。エイジアンからの不払いが私にカツを入れてくれた、ともいえるだろうか。

エイジアンの社員とスタッフはエイジアンの仕事をしながら、常に副業にも精を出していた。給料停止でそれが逆転し、誰もが副業でしのいで、エイジアンは軽く流していた。本業と副業の見事な転換であったが、私も結局は同じことをしていたわけだ。

自分が今所属する集団に心身ともに集中するのが日本人の特徴だが、いったん集団が破綻《はたん》したときにいかに脆《もろ》いか、それは今回の一件でよくわかった。

他の二人がどうなったかは知らないが、桜田さんについては、「新しい就職先が見つからなくて困っている」という噂《うわさ》を聞いた。彼はこれまで華やかなキャリアを積んでいたが、フリーランスになったことがなかった。だから、私やエイジアンのスタッフのように、「てきとうに他で稼ぐ」という方法を知らなかったのだ。できなかったと言ってもいい。

私は給料停止にも負けず、他のスタッフたちと一緒に四月を迎えることができた。日本人ではなく、エイジアン人として、「勝った」のである。

その意味では、名実ともにエイジアン人になったという気持ちで充足しており、「今後も良きエイジアン人として恥ずかしくないように生きていきたいと思います」と誰にだかわからないが、ご挨拶申し上げたいような気分になっていた。

そして、何よりも浮かれていたのは、電話で劉さんから「タカノさん、今度、時間があるときに会社に来てよ」と言われたことである。

内容は想像がついた。

会社が冬眠を終え再び動き出すのに、スタッフが必要なのだ。特に新聞はなんだかんだ言ってエイジアンのメインであり、看板である。桜田軍団が抜けた穴がぽっかりと空いている。そこに誰か、日本人で編集部を仕切る人が必要なはずだ。

つまり、私にもう一度「編集顧問」をやってもらいたいのだ。それももっと本格的に。

私が劉さん（とエイジアン人）を再評価しているのと同じく、劉さんも私の価値を再発見しているにちがいない。


会社に着いた。

オフィスの中は拍子抜けするくらい、何も変わっていない。

雑多な言葉が飛び交い、雑多な商品や資料が積み重ねられ、香辛料の匂《にお》いがする。

別に給料が出たからといって、急に活気づいたりしていない。まあ、そこがエイジアンらしいといえばそうなのだが、あまりに変わっていないので、つい朴さんの姿を探してしまったくらいだ。ポニーテールを揺らして、彼女がこちらをくるっと振り向き、「あ、タカノさん!」とにっこり微笑《ほほえ》むような気がした。

しかし、当然ながら彼女の姿はない。かわりに何か不思議な違和感のようなものを覚えた。

劉さんの姿が見えたので、「劉さーん、こんちは!」と大声で呼びかけた。

「キャー、タカノさん、久しぶりねー!」と意味のない悲鳴をあげながら劉さんが走ってくる。彼女は私と同じ年だから三十代後半に入っているはずだが、あいかわらずスタイルはよくハツラツとしている。

「劉さん、そこに自転車があったけど、あれ、何?」

会社の入り口にいかにもスピードが出そうな外国製の自転車が置いてあったのだ。

「あ、あれね、あたしの。ほら、最近お金もあんまりないし、自転車に乗ってるの。この前、あれで名古屋まで行っちゃった。エヘヘ」

劉さんは子犬のような顔で笑った。

まったく衰えを知らないパワーだ。どうして、自転車で名古屋まで行くのか意味がわからないのも昔のままだ。

他の人たちはどうなったか。

「バンバンさん、釈放されて日本に帰ってきたよ」劉さんはインドネシアの武蔵丸の消息から話し出した。

バンバンさんは前年、行方不明になったが、あとでその事情がわかった。

マレーシアから中古バスを百台密輸しようとしたという疑いで逮捕され、留置所に入っていたのだ。バンバンさんはかつて日本から地下鉄の車両をインドネシアに輸入したことがあるほどの実力者だ。隣国のマレーシアから中古バス百台を入れるなんて朝飯前のはずだ。密輸するまでもない。

「あれはね、バンバンさんの政治かビジネスの敵が仕組んだんだと思うよ」と劉さんは言った。

「だって、今回も、バンバンさんの所属している政党が選挙で勝ったら、すぐ釈放されたもん」

なんて浮き沈みの激しい生活だろう。

「マウンさんは？」

「マンスリー・ミャンマー」編集担当の彼は、居酒屋の店長に昇格していた。責任のある立場なので、フルタイムでエイジアンの編集に戻るのは難しいだろう。

すると、劉さんは眉をひそめた。

「マウンさんね、あの人もたいへんだったのよ」

なんと、彼は日本で逮捕されていた。入管の不法滞在者取締りに引っかかったのだ。彼はオーバーステイ（ビザが切れたままで滞在していること）だが、反政府活動をしているため「難民」を申請中だった。日本政府は難民をめったに認めないし審査にも三年や四年もかかる。反面、認定されるにしても却下されるにしても審査中は滞在が認められている。だが、マウンさんのように運の悪い人は、入管や警察に「不法滞在者」として拘束されてしまうことがある。エイジアンに出入りしてアジア系外国人の世話をしている弁護士や支援団体の人の尽力で、マウンさんが難民申請中であることが証明され、この前、やっと釈放されたという。

本人に非がないにもかかわらず、新聞の編集担当が二人も当局に捕まってしまうというのがすごい。

「じゃあ、居酒屋の店長には戻れないね」私が同情して言うと、劉さんはニコニコした。

「だいじょうぶ。うちで仕事があるから」

あ、そういうことか。一回転して、「本業：エイジアン、副業：居酒屋バイト」という元のさやにおさまったわけだ。これまたエイジアン人らしい。

いっぽう、マウンさんの「相方」であるアブさんは健在らしい。ただ、今はインドネシアに里帰りしている。

「結婚しに行ったみたいよ」と劉さんは言う。

アブさんはなにしろ「超」敬虔《けいけん》なムスリムだ。ふつうの日本人女性はもちろん、ふつうのインドネシア女性でもなかなか相手が務まりそうもない。

でも、聞けばそんなレベルの話ではないようだ。

「親が相手を探してきたんだって。一回も顔を見てないけど、その女の子と結婚するんだって。考えられないよねえ」

その他、タイ人のプイちゃんは大学院の修士課程を修了、この四月からは博士課程に進んだ。「タイ・ニューズ」はちゃんと続けている。

プイちゃんと一緒に、この数ヵ月の新聞発行を支えた「助っ人」王さんは、主婦に戻った。外国人ママ・クラブに専念しているという。

「そういえば、朴さんはどうしてるのかな？　連絡ないけど」今度は劉さんが私に訊ねた。

「朴さんはね、大学の先生になったらしいよ」

「え、何の先生？」

「日本語と日本文化だって」

「へえ、すごいじゃん！」劉さんは目を丸くした。

朴さんとはたまにメールのやりとりをしている。彼女は日本に五年ほどしかいなかったにもかかわらず、ソウル郊外にある大学で日本関係の専任講師となった。

やっぱり、超優秀な人なのだ。

しかし、メールの文面はあいかわらず、クールで負けん気の強い「姐御《あねご》」だ。

この前もこんなメールが来ていた。

「最近は韓国でも就職難で学生はほんとうに命がけで勉強してます。学校の成績がよくないとよい会社に入れないから。でも、就職活動のために授業を休んだり、レポートが提出できない人も多い。そういう人にはいい点をあげることができなくて、それがすごく難しいんです。この前、それで一人の男子学生がものすごい勢いで私に抗議しに来ました。私は韓国でも日本でも一度もロゲンカで負けたことがないけど、今回は相手の迫力に圧倒されました。でも、もちろん、最後には勝ちましたが……」

「キャハハ、朴さん、やっぱり強いね！」劉さんは大声で笑った。

「ほんと、朴さんらしいよ」私は思わず、彼女の顔を思い浮かべた。わずか三十二歳で、そんな就職難のなか大学の専任講師になった今も、彼女は目だけで微笑んでいるのだろうか。それだけの重圧を背負う日々、そっと泣きたいとき、誰かちゃんと彼女を泣かせてあげられる男はいるんだろうか。白い歯を見せて笑える相手はいるんだろうか。私の胸にキュッと痛みがよぎった。

それから、しばらく、劉さんが新しいビジネスの話をした。インターネットを使って、日本とアジアの国々を結んで、それがすごく新しいスタイルのビジネスで、絶対に儲かると力説していた。

例によってよくわからない話であったが、心地よいＢＧＭのように劉さんが夢中でしゃべるのを聞いていた。

エイジアンの仲間たちは、今でも存分にエイジアン的に生きている。国家や民族、宗教、さらには個人的な運不運に翻弄《ほんろう》されながらも、自分のやりたいように突き進んでいる。それが痛快だった。

だが、痛快でありつつ、「何かちがう」という感じがした。それは、今日、ドアを開けて、会社を見たときに感じたかすかな違和感にも通じているような気がした。ただ、その正体がわからないまま、私は劉さんの熱弁をふん、ふんと聞いていた。

熱弁が一段落して、私は訊いた。

「新聞はどうなってるの？　今、誰がメインで編集やってるの？」

「あ、それよ、それ！」劉さんはパッとゴキゲンな笑顔をこっちに向けた。

「プイちゃんが頑張ってくれてるけど、彼女も勉強があるし、ほら、日本人の人がやっぱり必要でしょ？」

ほら、来た。私は苦笑した。何をしでかすか見当もつかない反面、すごくわかりやすい人でもある。

「タカノさん、また編集、手伝ってくれない？」

予想していたとおり、劉さんは目をキラキラさせて私に言った。

ふと、それは、五年前、彼女が私に突然「タカノさん、ちょっと手伝ってくれませんか？」と言った姿とオーバーラップした。

けれどそのとき、私は自分でも予想外の答えを口にしていた。

「いや、ぼくはいいよ。もうエイジアンの仕事はやらないつもりなんだ」

「え？　どうして？」

劉さんは珍しい動物でも見るような目で私を見た。私が劉さんをそういう目で見たことは数知れなかったが、逆は初めてだった。

それが私の確信を深めさせた。

「どうして？　もううちの仕事、嫌になった？」

そうじゃない。エイジアンの仕事はいいのだ。好きである。

しかし、やってはいけない。そう思ったのだ。

私はこの冬眠期間の間、エイジアン的に生きようと決心した。エイジアン的に生きるとは、自分が主体性をもって生きるということだ。状況に応じて相手を利用し、あくまで自分本位に動く。

今日、エイジアンを久しぶりに覗《のぞ》いたとき感じた違和感はそれだった。誰も特別なことをしているわけではないが、「自分が中心である」というオーラを鮮烈に発散していたのだ。エイジアン仲間の近況や劉さんの夢物語を聞いているうちに、その違和感がふくらんだ。

違和感とは、彼らが私からずれているということではない。私がずれているという違和感だ。では、何が？

そして、最後に気づいたのだ。

誰かに必要とされるから何かをやるというのはエイジアン的ではない、と。

五年前はあれでよかった。でも、それを再び繰り返すのは断じてエイジアンの精神に反する。

今、エイジアンと劉さんは、切実に私を必要としている。それはほんとうだろう。しかし、そんなのは私の知ったことじゃないのだ。

他人のために仕事をするのではなく、自分のために仕事をする。

もうエイジアンにしがみついてはいけない。居場所なんか人に与えられてはいけない。自分で作るのだ。

それがエイジアン人として正しい道なのだ。

しかし、そんなことは口にしなかった。劉さんを傷つけたくないからじゃない。説明が面倒くさいからだ。

エイジアン人は人に筋道立った説明などしない。これも劉さんから学んだことだ。

私は穏やかに言った。

「劉さん、ぼくよりもっと適任の人がいるじゃん。桜田さんだよ。彼、今も仕事なくて困ってるんでしょ？　あの人をもう一度呼び戻せばいい」

片や給料が払えなくなった社長。片や給料がもらえなくなってあっさりと辞めた社員。ふつうの会社なら相当に気まずい間柄だ。辞めずに続けた他の社員やスタッフとの関係も修復が難しいだろう。だが、ここは屋台村エイジアンである。そんなの全然問題ない。

劉さんはしばらく考え込んでいたが、やがて顔をあげた。

「そうだね……。それがいいかもしれないね」

劉さんは私に向かってニコッとした。それはまさしく姫の笑顔だった。

私の気持ちが通じたようでもあり、単に「お、その手があったか！」と喜んでいるようでもあった。

こうして、私はエイジアンを勝手に卒業した。

エピローグ　アジアの子

エイジアンを離脱してから一年後。

私はエイジアン暦で十四年にあたるその年、桜を見損なってしまった。中国南部からミャンマーを通り、インドまで達する長い旅に出ていたのだ。

帰国したのはゴールデンウィークが始まろうとしていたころだった。

いつものように早稲田のアパートに荷を下ろすと、ごく自然にエイジアンの方角へ向かった。

何をしようというつもりはない。ただ、今までいつも海外から帰国したらエイジアンへ出向くのが習慣となっていて、それにしたがったまでである。

戸山公園を抜け、明治通りへ向かってアスファルトの道をコツコツと歩いていく。昨夜《ゆうべ》降った雨で路面はところどころうっすらと濡《ぬ》れていたが、空はスカーンと青く晴れ上がっていた。

四月末のわりには日差しが強いが、熱帯の旅から戻った私には穏やかで心地よいものに感じられた。公園の草木や街路樹は、みずみずしい緑に映えていた。熱帯の濃い常緑とはちがう、若々しい青緑である。

「あー、日本に帰ってきたんだな」私はあらためて実感した。

そして、私にとって日本の象徴であり、かつての「実家」であったエイジアンに思いを馳《は》せた。

昨年、エイジアンから離れたあとも、たまには電話やメールでスタッフと連絡をしていたので会社の話は耳にしていた。

私が「勝手に卒業」したあと、劉さんは私の助言どおり、桜田さんを呼び戻した。例によって丁寧な人で、私宛《あて》にも「またお世話になります。今後ともよろしくおねがいします」という律儀な挨拶《あいさつ》メールが届いた。そこまでは予想どおりだったが、彼の肩書きが「専務　総編集長」となっていたのには驚いた。

エイジアンは創立以来十四年、社長の劉さん以外、管理職が誰もいなかった。しかも、給料未払いで辞めた社員が復帰するだけでも珍しいのに、復帰していきなり専務に就任してしまうとはどういうことか。だいたい、あのエイジアンで「専務」とは何をする仕事なんだろう。

きっと何かまた変なことを思いついたに決まっているが、相変わらず劉さんのやることはわからない。

社員とスタッフにも変動があったようだ。

武蔵丸バンバンさんは留置所から釈放されたあとも日本には戻って来なかった。母国でインドネシア女性と恋に落ち、電撃結婚をしてしまったという。といっても、現地に定住したわけでもなく、今度はほんとうに日本への原油輸出ビジネスをすべく、日本とインドネシア双方の有力政治家や商社の間を奔走しているそうだ。

タイ人のプイちゃんは博士課程で学びながら、編集部を切り盛りしている。桜田さんの信頼も厚いらしく、「アジア情報センターが設立された暁には、彼女に所長をやってもらいたい」などとメールに書かれてあった。

プイちゃんの優秀さはわかるが、桜田さんがあくまで将来を見据えて人材育成をしようと、相変わらずＪＩＣＡの技術指導員のような情熱を注いでいるのがおもしろい。

アブさんは嫁さんをもらって日本へ帰ってきたが、「超」敬虔《けいけん》なムスリムなので絶対に嫁さんを一人で外には出さない。

「だから、買い物もみんなボクがやらなきゃならない。嫁さんは日本の台所に慣れてないから食事作るのもボク。もう大変よ」と電話でボヤいていたが、その口調は嬉《うれ》しそうで、鼻の下の薄い口ひげを得意気にこすっている様子が目に浮かんだ。

しかし、なによりも驚かされたニュースは劉さんに子どもができたことである。

私が最後に会ったときには、実はもう妊娠していたらしい。なにしろ、身持ちが固く、プライベートを話さない劉さんである。彼氏がいたということすら聞いたことがなく、「いったい誰の子どもなのか？」と社内は騒然となった。みんなに問い詰められ一瞬たじろいだ劉さんはしかし、毅然《きぜん》としてこう言い放った。

「誰の子どもって……あたしの子どもよ!!」

さすが劉さんだとみんなはいたく感心して、それ以上追及するのをやめたという。予定から行けば、もう劉さんの子どもは生まれているはずだ。どんな子どもだろう。あんなすごいお母さんから出てくるんだから、すごい赤ん坊にちがいない。


明治通りから一つ道を中に入り、エイジアンの入っている建物の前まで来た。エイジアンのオフィスがある三階の窓を見たとき、私は思わず立ち止まり、口をポカンと開けてしまった。

「エイジアン託児所」と窓ガラスに大きく記されていたからだ。ご丁寧に、ゾウとアヒルとキリンのへたくそな絵がガラスの内側から貼《は》られている。もちろん、子どもの絵でなくスタッフの作品だろう。

「また、始まった……」呆気《あっけ》にとられたまま、私はつぶやいた。

仕事をするためには子どもをどこかに預けなければならない。しかし、劉さんのように朝から真夜中までのべつまくなしに働いている人だと預かってくれる託児所もそうそうない。そこできっと劉さんはまた思いついたのだ。

「託児所がなければ、自分で託児所をやればいい」と。

早く出世するために会社を作り、電話代を払わないで済ませるために電話会社を作ったのとまったく同じ発想である。

それにエイジアン自体が託児所になれば、劉さんも子どもとずっと一緒にいられる。

エイジアンのスタッフは、たいていが大家族の出身で近所にも子どもがゴロゴロいる――つまり昔の日本と似たような環境に育っている。だから、未婚の女性も男性も、誰もが驚くほど子どもあしらいがうまい。国籍不明の三島さんや、バイトの女性がたまに子連れで会社にやってくると、みんなでほんとうに手際よく構っていたものだ。そして、それ以上にみんな子どもが大好きだ。

エイジアン託児所はきっとうまくいくにちがいない。

そして、エイジアン人に育てられた子どもは、文字通り「アジアの子」となって、将来のアジアなど全然背負わずにしなやかに生きていくことだろう。

私は気持ちが変わった。エイジアンに顔を出し、久しぶりにみんなと挨拶し、劉さんの子どもを眺めてみようと思っていたが、やめることにした。

エイジアンは混沌《カオス》の神である。そして神は遍在する。いつもどこかにいる。それはもうはた迷惑なくらいに。いつか、嫌でもまた会う日がくるにちがいない。

明治通りに戻ると、再び明るい日差しに襲われた。

かつて私が呪詛《じゅそ》の言葉を浴びせたイチョウの木が立ち並んでいる。ここは台風の夜、「オンモヤ」と叫んでしがみつく朴さんを後ろに乗せて自転車で走った道でもある。

そのイチョウの木々に私は目を瞠《みは》った。

すさまじい勢いで鮮烈な色の新芽が吹き出している。枝の先だけでなく、太い幹の途中や木の根元からも続々と青い葉っぱが顔をのぞかせている。

もう秩序も何もあったものじゃない。木のありあまるエネルギーがところかまわず新芽を噴出させている。樹木全体がコントロール不能な生命に躍動していた。

「まるで劉さんとエイジアンみたいだな」

私はひとりでクスクス笑いながら、陽だまりのなかをあてもなく歩いていった。

解説

角田光代

高野秀行さんは、常人にはなんだかよくわからないものを求めて、世界じゅうの辺境をさまよい歩いている人だ。だれもしたことのないこと、いや、だれもしたいとも思わないようなことばかりを、率先しておこない、その様子をノンフィクション作品として発表している。この『アジア新聞屋台村』は、その高野さんによる自伝的物語である。

語り手であるタカノ青年は、タイについてのコラムを書いてほしい、という依頼のわりには奇妙な電話を受け、それが縁で、エイジアンという不思議な会社の編集顧問として働くことになる。

エイジアンというこの会社、劉さんという、子犬のような若い台湾人女性が社長である。社員やアルバイト、ボランティアのスタッフは、インドネシア、韓国、台湾、タイとアジア各国から集まった面々で、国際電話プリペイドカードの販売営業や、外国人相手の不動産斡旋などもしつつ、タイ語やマレー・インドネシア語など、五カ国の言語で新聞も発行している。

とはいえ、その新聞作りは、学級新聞とほとんど変わらないほどの杜撰《ずさん》さ。編集顧問となったタカノ青年はそれに呆れつつ、同時に魅力も感じつつ、「エイジアン」というカオスのなかに次第に深く身を投じていく。

作品に登場するすべての人が、じつに魅力的である。タカノ青年が惚れこんでしまったのと同様に、私たち読み手は、劉さんという、あるときは子犬のような、あるときはやり手婆のような、あるときは姫のような女の子を好きにならずにはいられない。エリート一家出身で自身もじつはエリートであるインドネシア人のバンバンさん、クールそうで乙女の心を秘めている韓国人女性朴さん、敬虔なムスリムであるアブさん、アブさんと漫才コンビのようなやりとりをするミャンマー人マウンさん。それればかりかほんのちょっとしか登場しないミャンマー人、三島さんとその夫までもが、忘れ得ない人になってしまう。

じつにあくの強い彼らひとりひとりを、作者は、彼らの出身国をきちんと背負わせて描いている。彼らの個性は、ひとりひとりの個性でありつつ、その国の個性でもある。だから登場人物がこれほど多いのに、読み手は混乱することがない。しかも「ああ、タイ人のじつはお金持ちのお嬢さん、プイちゃん」といった具合に、その人と出身国とぼんやりした生い立ちが、分かちがたくセットになってすぐに思い浮かぶ。しかも、それぞれの人柄ばかりか、彼らの一部を確実に形成したその国のありようにも、魅力を感じずにはいられない。作者は（その政治背景ですら）あまりにもさりげなく書いているから、つい夢中で読み進めてしまって気づきにくいけれど、こんなふうな書き分けは、それぞれの国を頭ではなく体で知っているこの作者だからこそやってのけられることなのだと思う。くわえて、作者の、その国に対する理解と愛があるからこそ。

とはいえ、作者はそれぞれの異国をただ愛しているだけではない。一歩引いて、「あちゃあ」と思うところもきちんと踏まえているし、私たちとどうしたって相容れない部分があることも認めている。いわばクールな愛である。ムスリムのインドネシア人バンバンさんと、中国系インドネシア人アンジェリーナさんの反目が描かれた箇所がある。それぞれの言い分を聞いていると、私などはつい「外国の人は自国の政治や歴史についてきちんと意見を持っていてすごいなー」と思ってしまいがちだが、作者はそういった安易な受け取りかたも無条件の敬意も抱かず、「単に個人的に気が合わないだけかもしれない」と、さらりと書く。子犬のような劉さんが「私は台湾独立を支持してる。ここは日本よ。私は負けない！」と息巻くときも、さすが日本人と違い愛国心にあふれているると感心したりしない。それが彼女の動物的勘にもとづく策略ではないのかとクールに眺めている。

もともと異国に強い興味があり、だれもいかないところにいき、だれもしないことをして、だれも書かない本を書く、をモットーとしたタカノ青年は、そもそも四角四面の日本人社会とは相容れないところがある。彼にとって、だから他言語同様カオス渦巻くエイジアンは、ある意味パラダイスになる。彼らの常識のなさ、いい加減さ、好き放題さを、単純におもしろいと感じる。昼食時、それぞれの弁当から立ちのぼるさまざまなスパイスの香りのように。

けれど時間の経過とともに、おもしろがることのできたさまざまに、苛立ちも覚えはじめる。あまりにも常識が異なり、また、あまりにも彼らが折り合ってくれないからだ。この感覚はおそらく、長期の旅や、移住することと似ているのではないか。はじめて訪れたその場所の何もかもが、最初はただ好もしく、おもしろい。けれどそれが日常となってしまうと、おもしろいと思う気持ちが麻痺し、その場所の欠点ばかりが気に障る。欠点、というのはつまり、日本という国の慣習や常識を背負った自分と、異なる場所、異なる人々の、どうしても埋められない差異なのだが。

タカノ青年がいかに日本的常識から外れていようと、いかに突飛な旅の経験があろうと、やはり彼は、エイジアンのなかでは「日本」という国の個性を内含した存在なのである。

が、そんなタカノ青年も、新たにあらわれる「黒船」的存在、さらに正しく日本的な、できる男、桜田さんの前では、やっぱり日本人というよりはアジア人、いやエイジアン人となってしまう。桜田さんは、システムを作らないエイジアンのなかで、どんどん新聞作りをシステム化し、経理を秩序立たせていき、そうしていつしかタカノ青年から、編集顧問の肩書きは剝《は》がれ落ちてしまう。

ここから物語は、ラストに向けてぐんと力強くなる。五年もの歳月をエイジアンと関わったタカノ青年が、急激に成長していくのと比例して。物語から放たれる強烈なスパイスの香りと、文化祭前夜のようなお祭り騒ぎにすっかり魅入られてしまった私としては、ラストはちょっとさみしくもあったけれど、でも、タカノ青年の後ろ姿が冒頭よりずいぶんと大きくなったことに、気づかざるを得ない。同時に、読み手である私自身、無意識に自分に課していた「こうしなくてはならない」から、解き放たれたようなすがすがしさを感じていることにも、気づかされるのである。そう、エイジアンのはちゃめちゃな面々は、タカノ青年だけでなく、読み手である私たちをも成長させてくれるのである。

私は子どものころからくりかえし、人間は平等と言い聞かされて生きてきた。ある程度の年齢以下は、みんなその言葉を聞かされてきたのではないか。もちろん、今の子どもだって当然のようにそう教えられているだろう。

大人になって異国を旅するようになって、ひとつ、気づいたことがある。私たちの国では、平等と共通が同義になってしまっている、ということだ。個性をのばせなどと言われるわりには、みんなと違うことをしても褒められたりはしない。ある小学校では、運動会のかけっこで、一位二位と決めないと何かで読んだことがあるが、それはつまり、一位にもびりっけつにも価値があるというよりは、みんながおんなじであることに価値がある、ということではないか。かくいう私も、「人間は平等」を「人間は共通」にすり替えて無条件に信じていた。だから、異国を旅して驚いたのである。あまりにも違うから。常識も慣習も、価値観も善悪感も。このとき私ははじめて気づいた、平等と共通は違うのだ、と。同じだと思うと何もかもがうまくいかない。わかってもらえると無防備に信じ、わかってもらえないと傷つき、どうせ同じだからと相手のこともわかろうとしない。みんな同じと信じるあまり、壊しようのない壁ができる。ひとりひとりがまったく違うと思えば、わかってもらうこと、わかることに全身全霊をかける。わかってもらえないことに怒ったりはしない。

本書を読んでいて強く思ったのは、そのことだった。ただの観光客としてではなく、世界各国を旅する作者は、人がみな違うことを体のぜんぶで知っている。だから、カオスと化したエイジアンをまるごと受け入れ、たのしむことも、苛立つこともできる。けれど本書がすばらしいのは、そこではない。その一歩先を作者は見つめているのである。みんな違う。同じことに価値なんてない。でも、それでも、人は通じ合うことができる。その違いなどものともせず、真に関わり合うことができる。その関わり合いの結果が、つまるところ、タカノ青年がラストで立派に身につけた「エイジアン人としての誇り」なのだ。

二〇〇六年、本書が刊行されてすぐ読んだとき、私はある雑誌でこの物語をすばらしい「青春ストーリー」と書いた。今、そのことを申し訳なく思う。もちろん青春物語として読むことも可能だけれど、そんな括《くく》りにはおさまらない大きさが、この物語にはある。異文化とは何か、それと折り合うとはどういうことか、ひとりで立つとはどういうことか、わかり合うとはどういうことか、日本とはどういう国か、国民性とは何か……抱腹絶倒必至のこの物語には、じつに深いことがらがいくつも埋めこまれている。

とくに、本書の刊行から三年後、経済はいっこうに好転せず、職に就くのはますますむずかしくなり、しかも派遣社員が窮地に立たされているという現在の状況のなかで読み返すと、至極説得力のある仕事論にも読め、何かこの物語は未来を予見していたような気がしないでもない。そうすると、あらためて本書は新たな意味を持つ。

がんばれ、と言っている。エイジアンに属する、癖のあるひとりひとりが、今の時代と、今の時代を生きる私たちに向けて。力んで言っているのではない。へらへら笑いながら、脱力して言っているのだ。がんばれ、どうってことないから。だって私たちを見てごらん。こんなふうにだって生きられるんだから。こんなときだって笑えるんだから。

会えてよかった、と思う。エイジアンの人々にも、この物語にも。

集英社文庫

アジア新聞屋台村《しんぶんやたいむら》

2009年3月25日　第1刷
2023年3月13日　第3刷

定価はカバーに表示してあります。

著　者　高野秀行《たかのひでゆき》

発行者　樋口尚也

発行所　株式会社　集英社
東京都千代田区一ツ橋2-5-10　〒101-8050
電話　【編集部】03-3230-6095
　　　【読者係】03-3230-6080
　　　【販売部】03-3230-6393（書店専用）

印　刷　凸版印刷株式会社

製　本　凸版印刷株式会社

フォーマットデザイン　アリヤマデザインストア　　マークデザイン　居山浩二

ISBN978-4-08-746415-3 C0195